古典文獻研究輯刊

二　編

曾　永　義　主編

第19冊

金聖歎評改《西廂記》研究

陳　淑　滿　著

國家圖書館出版品預行編目資料

金聖歎評改《西廂記》研究／陳淑滿 著 — 初版 — 新北市：
花木蘭文化出版社，2011〔民 100〕
目 2+146 面；19×26 公分
（古典文學研究輯刊 二編；第 19 冊）
ISBN：978-986-254-506-5（精裝）
1. 西廂記 2. 研究考訂
820.8   100001059

ISBN-978-986-254-506-5

9 789862 545065

古典文學研究輯刊
二 編 第十九冊   ISBN：978-986-254-506-5

金聖歎評改《西廂記》研究

作　　者　陳淑滿
主　　編　曾永義
總 編 輯　杜潔祥
出　　版　花木蘭文化出版社
發 行 所　花木蘭文化出版社
發 行 人　高小娟
聯絡地址　新北市永和區中正路五九五號七樓之三
　　　　　電話：02-2923-1455／傳眞：02-2923-1452
網　　址　http://www.huamulan.tw 信箱 sut81518@ms59.hinet.net
印　　刷　普羅文化出版廣告事業
初　　版　2011 年 3 月
定　　價　二編 30 冊（精裝）新台幣 48,000 元

金聖歎評改《西廂記》研究

陳淑滿　著

作者簡介

陳淑滿，台灣省嘉義縣人，一九六六年生。

學歷：私立輔仁大學中文系學士
　　　國立高雄師範大學國文研究所碩士

現職：輔英科技大學共同教育中心國文講師
　　　任中國語文能力及文學與人生等課程

專長：古典文學理論
　　　現代詩教學、現代小說賞析

著作：《耕讀－進入文學花園的 250 本書》（合著）
　　　《高雄文化研究論集 2》（合著）
　　　有關通識教育理論與實踐及教學論文諸篇

提　要

一、研究目的

金聖歎乃明末清初之批評家，在評點文學上，堪稱巨擘。其揭櫫之文學理念、批評手法，往往為後世所取法。尤其是批改《西廂記》，不僅為之辯淫，駁斥冬烘迂腐思想，並且譽之為天地妙文，無形中提升戲曲文學之地位，頓使天下學者對《西廂》趨之若鶩，蔚成風氣。而今研究金批《西廂》，志在闡發聖歎之批評理念及手法，於毀譽不一之評論，求其客觀之評價。

二、研究方法

大抵以歸納之方式深入原典，熟讀批語，整理出其中之脈絡，從中再加以分析，聖歎之文學理念，抉發無遺。至於文學主張，則以金批《西廂》為主，再參證聖歎其它著作，求得其精到完備之理論。

三、研究內容

本論文分為六章，茲依序撮述其大要：

首章「緒論」，敘述撰寫本文之動機、金聖歎之生平及其思想性情簡述，以及明代批評《西廂記》之概況。

次章「金批《西廂》之動機及其批評理念」，探究金批之抱負以及潛在的文學觀點。

三章「金聖歎批評《西廂》之分析」，從人物性格、創作技法、結構發展、曲文賓白等方面作分析，並綜言其特色。

四章「金聖歎刪改《西廂》之考證」，探討刪改之原則，並且核以古書及板本，考證偽續四章之說，最後又評判其刪改之優劣。

五章「後人之評價及其對後世之影響」，探討金批《西廂》之價值，以及產生之深遠影響。

六章「結論」，總結全文，且說明本文研究之心得。

四、研究結果

《西廂記》向來倍受非議，經聖歎用心批改，始得以妙文傳世，聖歎之功，誠不可沒。本文矢志闡揚聖歎批評之功力，由其高超之手法可看出獨具隻眼之審美眼光，以及敏捷活潑之思考，稱之為批書者中之翹楚，殆非過譽。

目

次

第一章　緒　論

第一節　撰寫本文之動機

　　在我國戲曲文學一向被視爲小道，而戲曲理論之發展更爲遲緩，元代乃戲曲發展趨於成熟之時期，因之亦帶動戲曲理論之發展，專門的戲曲論著陸續地出現，如燕南芝菴《唱論》、周德清《中原音韻》、鍾嗣成《錄鬼簿》即是。《唱論》論述金元戲曲演唱之原則及技法，提出若干唱曲之基本要領及要求，對北曲宮調之聲情、樂曲之地方特色、演唱之藝術手法有精闢之見解，然文字過簡，且重於記事，略于品評。《中原音韻》乃作者依北曲用韻之標準，分曲韻爲十九部，是北曲最早之韻書，亦是吾人研究北曲用韻之重要資料。卷首之「作詞起例」對北曲創作之律則進行理論的探討與實例之分析。《錄鬼簿》乃現存元人記述雜劇之重要文獻資料，是最早之元雜劇作家人名辭典和雜劇目錄專著，內容收雜劇四百多種，對作家亦有簡略之介紹。這些專著乃是對我國戲曲藝術作初步之整理與研究，雖然不夠周全，然已屬難得之作。

　　曲論趨於蓬勃的發展，應是明代之事，不但戲曲理論及批評家大批出現，而且更能深入分析劇作及評價作家，如呂天成《曲品》、祁彪佳《遠山堂曲品》、徐渭《南詞敘錄》、王驥德《曲律》等，一時之間，思想家、劇作家、理論家都對元雜劇特爲關注，蔚爲批評之風氣。迄至清代，總結明代高度發展的戲曲理論，出現了集大成之理論家，金聖歎和李漁堪爲代表。金聖歎《第六才子書西廂記》以評點之方式，對《西廂記》進行欣賞和品評，可謂集前人批評《西廂記》之大成，而李漁則著重舞臺演出之藝術，實乃清代曲壇之雙璧。

本文就金聖歎之評改《西廂記》，來探討其戲曲理論，以確定其戲曲史中之地位，並藉以明瞭當時戲曲理論發展之梗概。

《西廂記》（以下或簡稱《西廂》）乃元雜劇之名作，而金聖歎為明末清初之名人。《西廂記》之故事內容，描寫青年男女追求愛情結合，打破門閥觀念，克服禮教之阻撓。情節曲折迷離，詞藻優美動人，實為戲曲佳作。雖或有斥其為淫書者，以為作者用靈巧之文筆，誘惑文人，傷風敗俗，以致屢遭禁毀，然終不曾稍減其在戲曲文學上之價值。至於金聖歎之聲名，亦同《西廂記》一般，時有毀譽。金氏行事總是率性以為之，行徑放誕不羈，性格桀傲不馴，在當世被視為異端。然其為人視金錢功名為敝屣，面對死亡甘之若飴，淡然處世之態度，令人慨嘆。其對《西廂記》之評點，亦為世人視之為奇才，如此獨特之人，批改如此奇情之文，必有他人所不能及之妙語妙筆。早在明代，已有許多曲論家孜孜不倦於《西廂記》之探索研究，然而卻未見佳績，至金聖歎則以極精巧細膩之筆法，為《西廂記》辯淫、分析，使《西廂記》終能破其「淫書」之名，受世人重視。《西廂記》能夠流傳至今，廣喻為千古絕作，金聖歎可謂居功厥偉。

經過金氏精彩之評點，《西廂記》之情、景、人物全然活現於眾人之面前。同時，聖歎以極精闢之見解，分析創作技巧，如對結構之安排、情節之發展、人物之形象等，都能以精細之眼光，透徹地加以探索，發掘出其隱藏之深意，可謂鞭辟入裏。而曲文中最為人所詬病處，亦盡全力為之澄清辯解，洗刷《西廂》之「不白之冤」。在批點之餘，金聖歎更著手刪改原文，吾人探究其刪改之動機，討論其優劣。進而發現，「聖歎批《西廂記》是聖歎文字，不是《西廂記》文字。」（《西廂記·讀法第七十一》）聖歎所批之《西廂記》已融入聖歎之思想、情感，吾人可從零散之批語中，釐清聖歎之戲曲理念，此正是本文寫作之旨意。

金聖歎批本《西廂》（以下或簡稱金批《西廂》），歷來世人便毀譽參半，然其影響及貢獻乃不容置疑。雖然其表達之戲曲理念稍嫌零散，但致力於戲曲之心力，推崇《西廂》之成就，都是值得肯定。莫怪李漁也要譽其功績云：

> 自有《西廂》以迄于今，四百餘載，推《西廂》為填詞第一者，不知幾千萬人，而能歷指其所以第一之故者，獨出一金聖歎。（《閒情偶寄·填詞餘論》）

聖歎在戲曲方面之貢獻無庸置疑，然遍觀國內學者對金聖歎之研究，或有片

面介紹其生平，亦或全面研究其文學批評，然對金氏之批點《西廂》，從未有學者作過精密之研究。大陸方面學者雖很重視聖歎在戲曲方面之成就，但亦僅見一些單篇之文章，無法闡發透徹。因此，希望能在前人的研究基礎上，專對金批《西廂》，作全面性的分析，藉以理出金氏戲曲理論以及批評方法的完整體系。

第二節　金聖歎之生平及其思想性情簡述

金聖歎在文壇上足可稱是奇才，而其一生更是撲朔迷離，傳說紛紜，由於缺乏完整之記載，且眾說不一，所以在考證上頗費周章，近年幸得諸多學者之用心研究，方使聖歎之身世有較明確可信之輪廓。

聖歎，姓金，名采，字若采，明亡後改名人瑞，聖歎乃其法名。〔註1〕江蘇吳縣人，〔註2〕生於明神宗萬曆三十六年，〔註3〕死於清順治十八年，年五

〔註1〕　對於金聖歎之姓名，最大的疑惑是「本姓張」之說，經過陳登原《金聖歎傳》的詳細考證，以及陳萬益《金聖歎的文學批評考述》的旁徵博引，幾可說已釐清。至於名采，字若采，則是陳萬益先生證以古書之記載得知。明亡後改名人瑞，見於廖燕〈金聖歎先生傳〉：「鼎革後更名人瑞」，《辛丑紀聞》或云：「來年科試頂金人瑞名就童子試。」茲有陳登原推翻此說。聖歎乃是法名，詳見〈貫華堂選批唐才子詩序〉云：「大《易》學人金人瑞法名聖歎述撰。」可知。

〔註2〕　金聖歎之籍貫，清人記載有歧異：
《哭廟記略》云：「金聖歎，長洲人。」（《碑傳補》四十四）
廖燕〈金聖歎先生傳〉（《碑傳補》四十四）云：「吳縣諸生也。」
歸莊《玄恭文集》卷十〈誅邪鬼〉云：「蘇州有金聖歎。」
籠統地說，長洲本屬吳縣，而後劃分而置，故亦可稱爲吳縣人。

〔註3〕　陳登原以爲生於萬曆三十七年，而陳萬益以爲三十五年較爲可信。今參以嚴雲受〈金聖歎事跡繫年〉一文（收於北京《文史》1988、總二十九期），據以推算，應爲萬曆三十六年。此乃依據金聖歎著作上可靠之資料：
〈葭秋堂詩序〉：云：「同學金人瑞頓首：弟年五十有三矣。自前冬一病百日，通身竟成頹唐……。弟自端午之日，收束殘破數十餘本，深入金墅太湖之濱三小女草屋中，對影兀兀，力疾先理唐人七律六百餘章，付諸剞劂，行就竣矣。」（收于《貫華堂選批唐才子詩》）金氏所理之「唐人七律六百餘章」就是順治年間刊行之《貫華堂選批唐才子詩》，該書卷一有〈自序〉云：「順治十七年春二月八之日，兒子雍強欲予粗說唐詩七言律體。予不能辭，既受其請矣。至夏四月望之日，前後通計所說過詩可得滿六百首。」該書卷十附有金雍跋語，云：「順治十七年四月十八日說唐人七言律詩竟。男雍釋弓筆受並補注。」由此可見，金氏於「端午之日」在三小女草屋中力疾整理唐人七律之年正是順治十七年，其時「五十有三」。往上推算，當生於萬曆三十六年無誤。

十四歲。其一生之寫照，可謂桀傲不馴，離經叛道。

聖歎狂誕的性格，可從其批語中得知，他對經說之質疑，屢見不鮮。如釋《孟子》第四章：「梁惠王曰：『寡人願安承教。』孟子曰：『殺人以梃與刃，有以異乎？』曰：『無以異也。』『以刃與政，有以異乎？』曰：『無以異也。』」聖歎據此評云：

> 此等文，只爲幼時怕先生扑，不免讀得爛熟，到今便不覺其奇怪，
> 今須要知得此眞是極奇怪文字。

其對孟子之說頗不以爲然。又《西廂記·寺警》批云：

> 記聖歎最幼時，讀論語至「子張問：士何如斯可謂之達矣？」見下
> 文忽接云：「子曰：何哉爾所謂達者？」不覺失驚吐舌，蒙師怪之。

他這番懷疑的態度，總不免要受到指責。而《西廂記·酬簡》總批中，又對「國風好色而不淫」提出反駁，以爲「好色與淫，相去則又有幾何也？」其言論之大膽，在當時的確爲驚世駭俗之舉。甚且於《水滸傳·序三》云：

> 吾年十歲，方入鄉塾，隨例讀《大學》、《中庸》、《論語》、《孟子》
> 等書，意惛如也。每與同塾兒竊作是語：不知習此將何爲也。

正由於其不以經書爲宗，於是標榜「六才子書」——《莊子》、《離騷》、《史記》、《杜詩》、《水滸》和《西廂》。〔註4〕其中《水滸》、《西廂》自來被視爲不登大雅之堂之作，歸莊於《玄恭文集》中罵二書爲「倡亂」、「誨淫」之書，〔註5〕而在元明清三代禁毀的戲曲小說中，二書皆名列榜首，〔註6〕爲當時衛道之士所痛惡者，而聖歎獨排眾議，標舉爲才子書，足以令當世人瞠目結舌。

在聖歎之傳聞中，科舉考試之謬論是最爲人樂道的。采蘅子《蟲鳴漫錄》有云：

〔註4〕 「六才子書」之說，見於《金聖歎尺牘·與李東海》：「然則古之人，古人之書，繁且夥矣；究何者爲古之才子？究何書爲古之才子之書？曰惟莊周、屈原、史遷、杜甫、施耐庵、王實甫，實古之才子；而《莊子》、《離騷》、《史記》、《杜詩》、《水滸》、《西廂》，乃爲古之才子之書。」

〔註5〕 《玄恭文集》闕而不見，台北文海《明清史料彙編》第七冊中，收有《歸莊集》一書，然其中並無〈誅邪鬼〉一文，其內容皆是從他書輾轉得知。此「倡亂」、「誨淫」之說，見於王應奎《柳南隨筆》卷三之記載。

〔註6〕 根據《元明清三代禁毀小說戲曲史料》之記載，〈乾隆十八年七月禁譯水滸西廂記〉、〈水滸會眞當焚〉、〈水滸妖言惑眾不可使子弟寓目〉、〈水滸倡亂西廂誨淫〉等等，皆可得知《水滸傳》、《西廂記》乃禁毀小說戲曲之首。

> 每遇歲試，或以俚辭入詩文，或於卷尾作小詩譏刺試官，輒被黜，
> 復更名入泮，如是者數矣。

以聖歎之才學，中舉本應為易事，然而其以侮辱朝廷官吏為樂，對名利反不熱衷。由傳聞中我們可體會出聖歎對科舉考試之心態，與流俗迥然不同。蔡冠洛編纂《清代七百名人傳》中記云：

> 人瑞為文，怪誕不中程法。補博士弟子員，會歲試，以「如此則動
> 心否乎」命題。其篇末有云：「空山窮谷之中，黃金萬兩；露白葭蒼
> 而外，有美一人，試問夫子動心否乎？」曰：動、動、動……，
> 連書三十九字。學使怪而詰之，人瑞曰：祇注動「四十不」三字耳。

聖歎不止視科舉如兒戲，縱使被黜，亦一笑置之，謂之「今日還我自由身」。他非但不汲汲功名，對秀才的迂腐，常指責歷歷。《西廂記·請宴》批文云：

> 從來秀才天性，與人不同。何則？如聞一請，便出門，一也；既出門，
> 反回轉，二也；既回轉，又立住，三也。雖聖歎亦不解秀才何如此，……
> 意者，秀才性好愛容，還要對鏡抿髮，為復酸丁，不捨米甖？

其毒罵秀才如此。又如《左傳》於鄭莊公處置叔段事，聖歎論云：

> 秀才讀至此等處，便罵太叔；吾謂卿痴，亦不減太叔。

聖歎自負大才，與一切假道學對抗，批駁所有的冬烘學究，酸腐秀才，也難怪衛道者視之如毒蛇猛獸，而終要自歎懷才不遇。至於「聖歎」之法名，據廖燕〈金聖歎先生傳〉云：

> 或問聖歎二字何義？先生曰：《論語》有兩「喟然嘆曰」，在顏淵為
> 歎聖，在「與點」則為聖歎，予其為點之流亞歟！

足見其以曾點自居，嚮往春風沂水之悠然自得，與世無爭。而其遊戲人生的態度，頗有玩世不恭的意味。

聖歎非但不熱衷功名，對金錢亦大有「千金散盡還復來」的豪率氣概，聖歎貧而無財，《西廂記·讀法十四》云：「苦因喪亂，家貧無貲。」然而並未惜財如命，廖燕〈金聖歎先生傳〉記載云：

> 生平與王斲山交最善，斲山固俠者流，一日以三千金與先生，曰：「君
> 以此權子母。」「母後仍歸我，子則為君助燈火，可乎？」先生應諾。
> 甫越月，已揮霍殆盡。乃語斲山曰：「此物留君家，適增守財奴名，
> 吾已為君遺之矣！」斲山一笑置之。

可見輕財如是。聖歎于《水滸傳》第三十五回論「好看錢」云：

> 人之所以必要錢者，以錢能使人好看也。人以錢爲命，而亦有時以
> 錢與人者，既要好看，便不復顧錢也。乃世又有守錢成窖，而不要
> 好看者，斯又一類也矣！

如上言論，實道破守財奴之醜態也。其於名利之淡薄，正如金昌〈才子書小引〉（附於《唱經堂杜詩解》前）所云：

> 夫唱經，實於世之名利二者，其心乃如薪盡火滅，不復措懷也已！

由於對功名利祿的不屑一顧，聖歎將他所有的心力都投注於講學及評書上，廖燕記載講學之事云：

> 時有以講學聞者，先生輒起而排之。于所居貫華堂設高座，召徒講
> 經。經名聖自覺三昧，稿本自攜自閱，祕不示人。每升座開講，聲
> 音宏亮，顧盼偉然，凡一切經史子集，箋疏訓詁，與夫釋道內外諸
> 典，以及稗官野史，九彝八蠻之所紀載，無不供其齒頰，縱橫顛倒，
> 一以貫之，毫無剩義。座下緇白四眾，頂禮膜拜，歎未曾有。先生
> 則撫掌自豪，雖向時講學者聞之攢眉浩歎，不顧也。

聖歎別樹一格的講學作風，正也是他個性之寫照，他不滿一般文社講學之風，自然也得罪了不少人，終於最後惹來殺身之禍。

聖歎盛讚六才子書，並著手爲之評書，《水滸傳·序三》中聖歎自云：

> 十二歲便得貫華堂所藏古本，吾日夜手抄，謬自評釋，歷四五六七
> 八月，而其事方竣。

依此段話，金氏十二歲開始批《水滸傳》，應是可信，然而眞正成書，恐怕非幾月就可完成的。貫華堂刊《水滸傳》有「皇帝崇禎十四年二月十五日」字樣，眞正有系統地評《水滸》，或應是此時！而《辛丑紀聞》有云「丙申批《西廂記》」，即清順治十三年。又杜詩批於亥子間：「亥子間方從事於杜詩，未卒業而難作。」即順治十六、十七年間。至於《離騷》、《莊子》亦未竣事，《史記》則對少數贊辭作批語，收於《天下才子必讀書》之中。實在是因無意而遭禍，無法將其心中之六才子書，盡批之而呈於世人，殊爲可惜！聖歎于死前，亦深以著書之志未竟爲憾，而寫下了〈絕命詞〉（收於《沈吟樓詩選》）云：

> 鼠肝蟲臂久蕭疏，只惜胸前幾本書。雖喜唐詩略分解，莊騷馬杜待
> 何如！

可見得聖歎雖玩世不恭，然而對於著書未竟，卻是耿耿於懷，抱憾而終，這般執著的心情，令人生敬。

　　金聖歎因參與蘇州哭廟抗糧事件，作〈哭廟文〉，而被處決。這是一件反暴政、反貪官的事件，聖歎本身就對朝廷官吏的作風不甚滿意，《水滸傳》批語中云：

> 人問我英雄豪傑爲何作賊？我反問他英雄豪傑爲何不作賊？

他對《水滸》中的強盜，是寄予無限的同情，實是時勢所逼，痛恨官府之無能所致。「哭廟案」正是金聖歎伸張正義的表現，他行爲雖放誕，然而卻也說明了他的憤時傲世，慷慨激昂，不計利害，見義直蹈的氣魄，雖遭殺身之禍，終究甘之若飴。對於聖歎死前之傳聞，最令人稱道不絕者，柳應奎《柳南隨筆》卷三云：

> 聖歎將死，大歎，詫曰：「斷頭，至痛也；籍家，至慘也，而聖歎以不意得之，大奇。」于是一笑受刑。

面對死亡，仍能處之泰然，發此奇語，實在令人浩歎。許奉恩在《里乘》中轉錄金清美《豁意軒錄聞》（收於孟森《心史叢刊二集·金聖歎考》）云：

> 棄市之日，作家信託獄卒寄妻子。臨刑大呼曰：「殺頭至痛也，滅族至慘也。聖嘆無意得此，嗚呼哀哉，然而快哉！」遂引頸受戮。獄卒以信呈官，官疑其必有謗語，啓緘視之。上書曰：「字付大兒看，鹽菜與黃豆同吃，大有胡桃滋味，此法一傳，我無遺憾矣。」官大笑曰：「金先生死且侮人。」

傳言下之金聖歎，猶不脫其遊戲人生的態度，何等灑脫，何其曠達。采蘅子《蟲鳴漫錄》卷二中又記載云：

> 金臨刑時，其子泣送之。金曰：「有一對，爾屬之，蓮子心中苦。」蓮憐借音巧合，子方悲痛，久而未答。金曰：「痴兒是何足悲乎，吾代爾對，梨兒腹內酸。」此蓋志氣早定，故臨難不迷也。

聖歎之孺慕之情，又令人不勝欷歔。諸多傳說，皆爲聖歎不凡的一生作註腳，其人雖死，其心卻千古不朽，遺留諸多的評書，在在洋溢著詭激奇特的言行，至今評價仍是毀譽參半；若聖歎再生，對一切詆毀之言論，應仍會一笑置之吧！

第三節　明代批評《西廂》綜述

　　《西廂記》創作于元代，但它眞正受到眾人矚目，卻是明代之事。有明一代，曲論家或剖析結構；或品評人物；或探究宗旨意趣；或評論詞語韻律，

形成了言必《西廂》之盛況。在談論金聖歎之批評技巧之前，吾人不可不對前人之研究成果，作一簡單之綜述。

有關《西廂記》最早之記載，見於元鍾嗣成之《錄鬼簿》，鍾氏將此書歸于王實甫之作品中。而明代賈仲明補詞曰：

> 風月營密匝匝列旌旗，鶯花寨明飆飆排劍戟，翠紅鄉雄糾糾施謀智。
> 作詞章，風韻羨。士林中，等輩伏低。新雜劇，舊傳奇，《西廂記》，
> 天下奪魁。

就賈氏之評價，「天下奪魁」者乃《西廂》也，可見當時對《西廂》之推崇。而諸多曲論家，雖不曾著力評點《西廂》，然于其曲論中，亦各有犀利之見解。如何良俊《四友齋曲說》即有評論：

> 蓋《西廂》全帶脂粉，《琵琶》專弄學問，其本色語少，蓋填詞須用
> 本色語，方是作家。

何良俊尚本色，故而對《西廂》全帶脂粉的文采，不甚讚賞，然而對《西廂》用語之妙，卻讚歎不已：

> 王實甫《西廂》，其妙處亦何可掩，如第二卷〈混江龍〉內：「蝶粉
> 輕沾飛絮雪，燕泥香惹落花塵，繫春心情短柳絲長，隔花陰人遠天
> 涯近，香消了六朝金粉，清減了三楚精神。」如此數語，雖李供奉
> 復生，亦豈能有以加之哉！

他雖然責難《西廂》不出一「情」字，缺乏本色語，然詞句之曼妙，情意之深切，正也是《西廂》之特色，無怪乎良俊也要讚云：

> 近代人雜劇以王實甫之《西廂記》，戲文以高則誠之《琵琶記》為絕
> 唱。

何良俊乃從文詞上稱讚《西廂》之美，而徐復祚則從結構上，說明其冠絕古今之處，其《三家村老曲談》云：

> 馬東籬、張小山自應首冠，而王實甫之《西廂》，直欲超而上之。蓋
> 諸公所作，止于四折，而《西廂》則十六折，多寡不同，骨力更陡，
> 此其所以勝也。

徐氏以為折數愈多，愈能顯出作者功力不凡，如何安排全文之佈局，製造文章之曲折，都需要相當之文氣，故《西廂》能出他文之上。而對於內容之佈局，徐復祚亦有一番見解：

> 《西廂》之妙，正在于〈草橋〉一夢，似假疑真，乍離乍合，情盡

而意無窮，何必金榜題名，洞房花燭而後乃愉快也？

從結構上評論、賞鑒，不僅展現出評論家本身卓越的批評手法，並且突顯出《西廂》不同的風貌，除了語言上的精妙、文采的華美外，結構上也是相當緊湊而完密的。又如沈德符《顧曲雜言》云：

> 元人周德清評《西廂》，云六字中三用韻，如〈玉宇無塵〉內「忽聽、
> 一聲、猛驚」，及〈玉驄嬌馬〉內「自古、相女、配夫」，此皆三韻
> 爲難。予謂「古」、「女」仄聲，「夫」字平聲，未爲奇也，不如〈雲
> 歛晴空〉內「本宮、始終、不同」，俱平聲，乃佳耳。

此處論及《西廂》用韻之巧妙，可謂分析入微。從音律而言，《西廂》亦不失其韻律之美。因爲其蘊含之內涵相當豐贍，當時之曲論家莫不以剖析《西廂》，來闡述自己獨特之戲曲理論。

前面所述之評論，乃是一些讀曲札記，對於原文卻未能作全面性之批評，僅是一些泛論或較狹隘之見解。而眞正評點《西廂》，下過一番苦工夫，今日可見者，則是明末時期之曲論家。其中比較有特點的批評家，如王世貞、李卓吾、王驥德、陳繼儒、湯顯祖、徐渭等，經由他們極力的宣揚，使得研究《西廂》成爲一股巨流，瀰漫明代整個曲壇。

王世貞之批評本，流傳至今者，有與李贄合評之《元本出相北西廂記》，由於不易尋得，〔註7〕致未能一窺此書之原貌，然而王世貞對《西廂》之評價，可從其《曲藻》中得知。其內容云：

> 北曲故當以《西廂》壓卷。如曲中語：「雪浪拍長空，天際秋雲捲，
> 竹索纜浮橋，水上蒼龍偃。」「滋洛陽千種花，潤梁園萬頃田。」「東
> 風搖曳垂楊線，游絲牽惹桃花片，珠簾掩映芙蓉面。」「法鼓金鐃，
> 二月春雷響殿角；鐘聲佛號，半天風雨灑松梢。」「不近喧嘩，嫩綠
> 池塘藏睡鴨；自然幽雅，淡黃楊柳帶栖鴉。」是駢儷中景語。

後七子之一的王世貞，是當時才高望重的學者，他的「以《西廂》壓卷」之說，屢被後世戲曲理論家所引用，幾成不二之論。而他于《曲藻》中更分析了駢儷中景語、駢儷中情語、駢儷中諢語、單語中佳語，可見對曲中之語言文采，詞藻華美，頗爲重視。王世貞于《藝苑卮言》云：

> 文須五色錯綜，乃成華采。

〔註7〕現存王、李合評《元本出相北西廂記》係明代萬曆三十八年起鳳館刻本。臺
　　　　灣方面，中央圖書館未收藏此書，一些片段之資料，皆由大陸學者轉引得知。

可見其對曲詞之欣賞，較著重華美、雅麗。因此對《西廂》之繪景達情之語言表現力，及遣詞造句之純熟技巧，格外賞識。而其批評《西廂》之方式，據一些間接之資料可知，多以傳統摘句批評之方法，將駢儷曲詞從劇中摘出欣賞，不免落入「以詩律曲」之窠臼內，忽略了戲曲之特有風格。〔註8〕王世貞雖然在批評上有些不可避免的缺失，然而其對《西廂》之推崇，卻是不容置疑的。

　　王驥德，字伯驥，號方諸生。撰有《曲律》四卷，總論南北曲之源流法度。他曾校注《西廂》，今國立中央圖書館藏有明香雪居刊，清初印本之《新校注古本西廂記》，即出自他的手筆。王驥德于《曲律》中，對《西廂》有辯詞云：

> 《西廂》組艷，《琵琶》修質，其體固然。何元朗並訾之，以爲《西廂》全帶脂粉，《琵琶》專弄學問，殊寡本色。夫本色尚有勝二氏者哉？過矣！

王氏以爲《西廂》之題材本就是歌頌愛情故事，情重在深切動人，故難免要著重華美之文采，然對人間眞摯情感之表露，《西廂》又何嘗矯情呢？故云之爲本色。又讚云：

> 實甫《西廂》，千古絕技，微詞奧旨，未易窺測。

同時王驥德于校注之評語中，將《西廂》和《琵琶記》相較，更能突顯其高明處，文云：

> 《琵琶》工處可指，《西廂》無所不工；《琵琶》宮調不論，平仄多舛，《西廂》繩削甚嚴，旗色不亂；《琵琶》之妙，以情明理；《西廂》之妙，以神明韻；《琵琶》以大，《西廂》以化——此二傳三尺。

在他認爲，二書雖各有千秋，然《西廂》更勝一籌。經他校注後，《西廂》實生色不少。尤其書中卷六爲《西廂記彙考》，其中所收集之資料，實有助於後人之研究。

　　李贄號卓吾，他的批評本《西廂》，影響當時文壇甚鉅，與他同時或稍後之人，多襲用其觀點。他于《焚書‧雜說》中云：

> 《拜月》、《西廂》，化工也；《琵琶》，畫工也。

李卓吾所謂「化工」指的是「天之所生，地之所長」，「宇宙之內，本自有如此可喜之人，如化工之於物，其工巧自不可思議爾。」（〈雜說〉），此乃說明《西廂》乃天地之至文，不見斧鑿痕跡，達到盡善盡美的境界。其批評本《西

〔註8〕以上關於王世貞批本《西廂》之缺失，乃是參考么書儀〈明人批評西廂記述評〉一文，收于《中國古典文學論叢第一輯》，北京人民文學出版社。

廂》現存四種，〔註9〕加上與王世貞合評的《元本出相北西廂記》，及湯顯祖、
李贄、徐渭《三先生合評元本北西廂》，共六種之多。他並不尋章摘句，而著
重於整體的和諧，從作品與人物形象的整體，情節與人物、曲白與人物之間
的關係出發，評其得失。他于十齣總批〔註10〕云：

> 白易直，《西廂》之白能婉；曲易婉，《西廂》之曲能直。

曲白的直婉，常會受到人物性格和情景所影響，而沒有一定的規律，《西廂》
突破此限制，故能展現更豐富的內容。李卓吾的評語，亦重視人物語言的個
性化，他在《三先生合評本》二折一套總批云：

> 描寫惠明處，令人色壯。

乃是贊賞賓白、曲詞能夠符合人物的性格。他又分析結構上的安排，《三先生
合評本》〈賴簡〉一套云：

> 此時若便成交，則張非才子，鶯非佳人，是一對淫亂之人了。

可見此乃肯定劇情發展的曲折，情節的波瀾跌宕。李卓吾極細膩之批評手法
及觀察力，比起他人來，真是高明甚多。

至於陳繼儒之批評本，今存《鼎鐫陳眉公先生批評西廂記》，其批評態度
偏向情感化，且多出現主觀的見解，如楔子中老夫人准許鶯鶯散心，陳繼儒
於其上批曰：「老阿婆一發放出大膽來。」在第七齣「一杯悶酒尊前過」上批
曰：「後來醜惡全是這個老乞婆」，皆是情感化的批語。而對於《西廂》之評
價，批語云：

> 其文反反復復，重重疊疊，見精神而不見文字，即所稱「千古第一
> 神物」，豈其然乎！

讚譽《西廂》為千古神物，和李卓吾所謂之「化工」，有異曲同工之妙。他亦
著重關目之安排，全劇總批云：

> 總結處精密工致，出鄭恆來更有興趣，全在紅娘口中描寫鶯鶯嬌痴，
> 張之狂興，人謂一本《西廂》，予謂是一軸風流畫，前半本合處粧病，

〔註9〕 李卓吾批本《西廂》，現存有四種：容與堂刊本《李卓吾先生批評北西廂記》、
　　　　游敞泉本《李卓吾批評合像北西廂記》、西陵天章閣本《李卓吾先生批點西廂
　　　　記真本》、浙江省圖書館藏本《李卓吾先生批點西廂記真本》。資料來源自么
　　　　書儀〈明人批評西廂記述評〉。目前國立中央圖書館所藏者，為明崇禎刻本《李
　　　　卓吾先生批點西廂記真本》。
〔註10〕 此段引文乃是容與堂刊本《李卓吾先生批評北西廂記》第十本總批，轉引自
　　　　《西廂記鑑賞辭典》。

後半本離處粧夢，相思腔調全在此中迫真。

陳繼儒之批語亦有涉及人物性格、情節結構、關目安排，然而多屬感想式之批評，常常淺嘗輒止，如他有時批云：「關目妙絕」「關目好」，卻未深入分析，加以說明。由於缺乏系統之欣賞，不免流於零散瑣碎，此乃其批評本之缺失。

湯顯祖、徐渭，皆是明代極負盛名之戲曲家，二人對《西廂》皆有極高之評價。由於他們有豐富之創作經驗，往往能從戲曲創作構思之角度出發，特別重視結構及演出效果。湯、徐皆肯定《西廂記》所表現之「情」，徐渭於《三先生合評元本北西廂》一折二套批云：

　　此心終不灰冷，張生因是情痴。

又于三折四套佳期前夕，批云：

　　張生受過許多摧挫，只是一味痴痴顛顛，到底也被他括上，故知沒
　　頭情事，越是痴人越作得來。

可知至情之二人，終能克服眾多不利因素。而湯顯祖也于《三先生合評本‧敘》中議論云：

　　嗟呼！事之所無，安知非情之所有；情之所有，又安知非事之所有。

湯、徐二人對「情」之理解與強調，顯現出與眾不同的鑑賞力。湯顯祖從演出效果上考慮關目安排的疏密、虛實、動靜，徐渭對曲白蘊含之心理感情亦有精微之剖析。〔註 11〕此二人之評論，兼有評論家之冷靜、創作家之熱情、鑑賞家之感受，可稱為明代批評《西廂》之最高成就者。

以上乃就明代批評《西廂》作一簡述。由於前人之啓迪，以及不遺餘力之研究精神，使得金聖歎能于此穩固之基礎上，發揚光大前人之理論，而獨佔研究《西廂》之鰲頭。金聖歎之成就，應是總結前賢之觀點，擷優補缺，集眾人之精華，加上自己獨特之見解，而成此不朽之《第六才子書》。

〔註11〕對於湯顯祖及徐渭批評之風格。可參見《三先生合評元本北西廂》，徐渭《重刻訂正元本批點畫意北西廂》，及湯顯祖、沈璟合評之《西廂會真傳》，分別藏于國立故宮博物院及國立中央圖書館。

第二章 金批《西廂》之動機及其批評理念

第一節 金批《西廂》動機之探究

　　明末文壇，瀰漫著批書之風氣，學者文士莫不眉批古書，展現自身之才華，希能藉以增長自己之名氣。然金聖歎選批六才子書，豈是趨附流俗之舉？吾人可由其評《水滸傳》之序，看出其用心。《水滸傳‧序一》云：

> 夫身爲庶人，無力以禁天下之人作書，而忽取牧豬奴手中之一編，
>
> 條分而節解之，而反能令未作之書不敢復作，已作之書一旦盡廢，
>
> 是則聖歎廓清天下之功，爲更奇於秦人之火。

聖歎以爲秦始皇燒書，是禁天下之人作書，天下無書，於是聖人之書才可以存留。天下之書多，則叛聖人之教，犯天子之令，公然而爲書，此爲橫議之私書，私書行而民之爲惡乃至無所不有。正因爲書之好壞影響民心甚鉅，要廓清古書，使歸於聖教之途，只能藉著批書，罵盡天下叛道犯令之書，於是後人不敢妄作書，而前人離經叛道之書，亦受人唾棄而盡廢不讀。聖歎自許其功勞甚高，以爲秦火尚有燒聖賢經書之罪過，而自己則能存經書而廢橫議。徐增嘗爲《天下才子必讀書》一書作序，亦提到聖歎批書的目的及手段，他說：

> 其評此六才子書蓋有故，夫文者，載道之器也，聖人之道散現於典
>
> 籍，故欲知聖人之道，當先知聖人之文，聖人之文用法多端，變化
>
> 不測，讀其書者不知其法則文晦，文既晦矣，道何繇明哉？聖歎之

評六才子書，以其文法即六經之文法，讀者精六才子書之法即知六

經之法，六經之法明，則聖道可得而明，故評六才子書爲發軔也。

可見聖歎之批六才子書，乃是爲了探究聖人之道，批書只是一種手段而已，目的終究是爲了幫助教化，闡明聖道。

至於金聖歎批改《西廂記》之動機，可歸結如後。

一、消　遣

金聖歎於《西廂記》序一〈慟哭古人〉一文中，便提及批書刻書，純是爲消遣。其文云：

今夫浩蕩大劫，自初迄今，我則不知其有幾萬萬年月也。幾萬萬年

月皆如水逝雲卷，風馳電掣，無不盡去，而至於今年今月而暫有我。

此暫有之我，又未嘗不水逝雲卷，風馳電掣而疾去也，然而幸而猶

尚暫有於此。幸而猶尚暫有於此，則我將以何等消遣而消遣之？

聖歎以爲人生本就是短暫之個體，縱使古人有十倍於我之才識，仍無法脫離天地生滅之輪迴，終不容少住於天地間。聖歎又悟得「我固非我」之道理，未生已前，非我也；既去已後，又非我也。既是如此，又何必太執著於此暫有之我，於是主張自作消遣。對於「欲有所爲」，他認爲是「無益」的，序文云：

我比者亦嘗欲有所爲，既而思之，……就使爲之而果得爲，乃至爲

之而果得成，是其所爲與所成，則有不水逝雲卷，風馳電掣而盡去

耶？夫未爲之而欲爲，既爲之而盡去，我甚矣，嘆欲有所爲之無益

也。

聖歎受佛家之影響頗深，尤愛結交方外緇流，〔註1〕故認爲一切功名利祿，終究成空，他這種「嘆欲有所爲之無益」之理論，又和老莊道家哲學，有若干相似之處，《老子二十九章》云：

將欲取天下而爲之，吾見其不得已。

然而聖歎雖不主張「有所爲」，欲又不贊同「無所欲爲」之說，文云：

〔註 1〕與聖歎結交之方外人士，據《魚庭聞貫》之記載，有西堂總持法師、雲在法
師、開雲法師、敦厚法師、解脫法師、莊嚴法師、梅檀法師、安庠法師。而
《西廂記‧驚夢》批文中，則載有聖默大師，由上可知聖歎受佛家影響頗深，
常與方外之士交遊。

> 夫我誠無所欲爲，則又不疾作水逝雲卷，風馳電掣，頃刻盡去，而
> 又自以猶尚暫有爲大幸甚也？甚矣！我之無法而作消遣也。

如果無所欲爲，就隨著年月與之俱滅，那麼此暫有之我，又有何大幸可言呢？而如此無奈地逝去，又不免要遺憾於天地間矣！因爲有所爲之無益，無所爲之無奈，於是主張消遣。序云：

> 我既前聽其生，後聽其去，而無所於惜，是則於其中間幸而猶尚暫
> 在，我亦於無法作消遣中，隨意自作消遣而已矣。

有所爲而掙得的一切，將隨生命之終結而消失，不如自適其志，反能留名千古。金聖歎認爲諸葛孔明與陶淵明之行爲，既是歸隱山林，卻又棄隱爲官，其實純是消遣人生。聖歎云：

> 得如諸葛公之躬耕南陽，苟全性命可也，此一消遣法也。既而又因
> 感激三顧，許人驅馳，食少事煩，至死方已，亦可也，亦一消遣法
> 也。或如陶先生之不願折腰，飄然歸來可也，亦一消遣法也。既而
> 又爲三旬九食，饑寒所驅，叩門無辭，至圖冥報，亦可也，又一消
> 遣法也。

在聖歎眼中看來，人生所作所爲不過是自作消遣，大可不必拘於世俗之教條，所以可以歸隱山林，不近俗務；又可以肝膽相照，鞠躬盡瘁。可以傲骨不屈，不爲五斗米折腰；又可以饑寒變節，官祿只求溫飽。因爲一切只爲消遣，無庸煞費心思，圖求美名。金聖歎這番「消遣論」，說明了自己批改《西廂》，也是自我之消遣法，而後人倘能讀其批改之《西廂》，亦是用來消遣而已。文中云：

> 後之人讀我之文者，我則已知之耳，其亦無奈水逝雲卷，風馳電掣，
> 因不得已而取我之文，自作消遣云爾。

因爲對人生之無可奈何，所以聖歎取《西廂》而批之刻之，後人亦取聖歎之書而讀之，皆是隨意自作消遣。

　　金聖歎的「消遣」之說，實在是對當時之社會政治所發之感歎。明末清初之際，種族間不平等之待遇，使得反清復明之浪潮襲襲而來，多少愛國份子因而喪命，而官吏貪污濫權之情形，亦甚令人痛心，面對如此不安定之時局，聖歎早已失望了，他對科舉的詈罵，屢見不鮮，對當時之社會感到無奈，於是有自作消遣之人生觀，終其一生，對科舉之捉弄，是其消遣法；批書刻書，是其消遣法；而最後斫頭身亡，也是其消遣法之一吧！

二、留贈後人

聖歎以爲人生固然短暫，但終究要爲後人著想，否則身後恐怕要受人責難，《金聖歎書牘·與任昇之》信中明言：

> 弟行年向暮，住世有幾，設有不當，轉盼身後，豈能禁人唾罵哉？……
> 弟於世間，不惟不貪嗜欲，亦更不貪名譽，胸前一寸之心，眷眷惟
> 是古人幾本殘書，自來辱在泥塗者，欲不自揣力弱，必欲與之昭雪，
> 只此一事，是弟前件，其餘弟皆不惜。

聖歎欲盡其畢生之力，爲古書昭雪，而留贈給後人，使後人能得此不朽之文。在他眼中，古人、後人皆屬無親，因爲古人、後人皆不見我，然而後人之不見我，卻是無可奈何的。聖歎於其所批《西廂》序二，即明言〈留贈後人〉之用意，又說明古人和後人之不同。序文云：

> 古之人不見我矣，我乃無日而不思之；後之人亦不見我，我則殊未
> 嘗或一思之也。觀於我之無日不思古人，則知後之人之思我必也。
> 觀於我之殊未嘗或一思及後人，則知古之人之不我思，此其明驗也。

聖歎由自己之追思古人，推想到後人必定也會追思自己，由自己之未嘗思念後人，推想到古人必也未嘗思念自己。所以雖然二者都不見我，然而後人思我，古人卻未嘗思我，於是聖歎又云：

> 蓋古之人，非惟不見，又復不思，是則眞可謂之無親。若夫後之人
> 之雖不見我，而大思我，其不見我，非後人之罪也，不可奈何也。
> 若其大思我，此眞後人之情也，如之何其謂之無親也？是不可以無
> 所贈之。

後人之不見我，是無可奈何之事，而後人之思我，是其一份眞情，這是別於古人之處。聖歎以爲後人對我有情，故不可謂之無親，實在該有所留贈後人，才不致辜負後人之情。至於贈予何物？聖歎思及後人必好讀書，而讀書者必仗光明。光明者，照耀其書，所以得讀。他請化爲光明，但天地已有日月，而自己又不能身爲膏油。而讀書者必好友生，聖歎欲爲後人之好友，奈何其在世之時，後人未及來，後人來時，已已不復在。讀書者，必好名山大河、奇樹妙花，必好於好茶、好酒、好香、好藥，聖歎欲化身百億，爲名山大河、奇樹妙花，又爲好茶、好酒、好香、好藥，然而後人乃不知此之爲聖歎之所化也。又讀書者，必好其知心青衣，霜晨雨夜侍立於側，聖歎請轉後身爲知心青衣，又感歎造化之偉大，是無法隨其所願。既然其身不能與後人同在，

於是聖歎退而求其次，擇世間之一物，其力必能至於後世者。其文云：

> 擇世間之一物，其力必能至於後世，而世至今猶未能以知之，而我
> 適能盡智竭力，絲毫可以得當於其間者。夫世間之一物，其力必能
> 至於後世者，則必書也。

世間之物，可以流傳給後人，且具影響力者，只有書才有這般能力，聖歎洞
悉書本的巨大功能，於是竭盡心力於其中，希望將書留贈予後人，答謝其思
念之情。然而今世之書如此眾多，何書方能至於後世呢？聖歎又云：

> 夫世間之書，其力必能至於後世，而世至今猶未能以知之者，則必
> 書中之《西廂記》也。夫世間之書，其力必能至於後世，而世至今
> 猶未能以知之，而我適能盡智竭力，絲毫可以得當於其間者，則必
> 我比日所批之《西廂記》也。夫我比日所批之《西廂記》，我則真為
> 後之人思我而我無以贈之，故不得已而出於斯也。

在聖歎層層抽絲剝繭之下，我們猛然發覺《西廂記》其力可以至於後世，而
聖歎致力於批改《西廂記》，亦是深知其力必能至於後世，而欲留贈後人。他
最後也再次說明自己批《西廂》的用意，其云：

> 總之，我自欲與後人少作周旋，我實何曾為彼古人，致其矻矻之力
> 也哉！

「欲與後人少作周旋」，正是金聖歎批評《西廂記》之動機。

三、辯　淫

　　金聖歎雖不是第一位替《西廂》辯淫之人，卻是第一位竭盡全力推崇《西
廂》，為之辯護不遺餘力之人。總覽全文，幾乎在「辯淫」的一貫理念下，進
行其批改之工作。他在〈讀第六才子書西廂記法〉（以下簡稱〈讀法〉），便首
先為「淫書」之妄稱，作一連串辯護之工夫。可見聖歎之批改《西廂》，乃冀
能平反《西廂》之不白之冤。〈讀法一〉云：

> 有人來說《西廂記》是淫書，此人後日定墮拔舌地獄。何也？《西
> 廂記》不同小可，乃是天地妙文，自從有此天地，他中間便定然有
> 此妙文。不是何人做得出來，是他天地直會自己劈空結撰而出。若
> 定要說是一個人做出來，聖歎便說，此一個人即是天地現身。

稱譽《西廂》為古今至文者，聖歎並非第一人，早在明代李贄《焚書・卷三
雜述・童心說》中，便有言云：

> 詩何必古選，文何必先秦。降而爲六朝，變而爲近體；又變而爲傳
> 奇，變而爲院本，爲雜劇，爲《西廂曲》，爲《水滸傳》，爲今之舉
> 子業，皆古今至文，不可得而時勢先後論也。

李卓吾將《西廂》喻爲古今至文，而聖歎則更進一步地贊爲「天地妙文」，自
有天地，便有此妙文，而做此文者，乃是天地現身，其推崇《西廂》可謂極
致。在聖歎眼中，《西廂》乃是天地間不朽之妙文，那些指責爲「淫書」之人，
都將下地獄，受到懲罰。聖歎於〈讀法〉中，頻頻斥責這般人之不是。〈讀法
二〉云：

> 《西廂記》斷斷不是淫書，斷斷是妙文。今後若有人説是妙文，有
> 人説是淫書，聖歎都不與做理會。文者見之謂之文，淫者見之謂之
> 淫耳。

聖歎不理會「淫書」之説，因爲淫者謂之淫，必存淫念之人，方有淫書之説，
若心中坦坦蕩蕩，全無雜念，見著《西廂》，只會拍案讚歎爲天地妙文，何淫
書之有？人之存心不同，眼中之《西廂》便有妙文、淫書之別，故全不與理
會。至於這些淫者，可否開導？〈讀法四〉聖歎云：

> 若説《西廂記》是淫書，此人只須扑，不必教，何也？他也只是從
> 幼學一冬烘先生之言，一入於耳，便牢在心，他其實不曾眼見《西
> 廂記》，扑之還是冤苦。

聖歎認爲這些人自幼從冬烘先生受學，冬烘先生謹守禮儀，食古不化，對於
《西廂》大肆宣揚愛情之宗旨，只覺傷風敗俗，離經叛道。於是教導學生，
指責《西廂》爲淫書，必不可讀。故不曾眼見《西廂》而説《西廂》爲淫書，
此人不必教，亦不必扑，扑之亦是無益。而對於眼見《西廂》仍説其爲淫書
者，〈讀法五〉有云：

> 若眼見《西廂記》了，又説是淫書，此人則應扑乎？曰：扑之亦是
> 冤苦，此便是冬烘先生耳。當初造《西廂記》時，原發願不肯與他
> 讀，他今日果然不讀。

此人便是所謂「冬烘先生」，這種思想迂腐，固執不通之人，自然無法接受《西
廂》突破封建禮教，追求愛情自由之內容，故眼見《西廂》而仍説爲淫書。
聖歎明言《西廂》之初造，便不與此人讀，這種根深蒂固之冬烘思想，是永
遠無法改變的，故扑之也是冤苦。

聖歎罵當初説《西廂》爲淫書之人，是淫者，是冬烘先生，日後定墮拔

舌地獄，然而又不免要感謝這些人，因爲「淫書」之名，反而使《西廂》流傳更廣更遠。〈讀法六〉云：

> 若說《西廂記》是淫書，此人有大功德。何也？當初造《西廂記》時，發願只與後世錦繡才子共讀，曾不許販夫皀隸也來讀。今若不是此人揎拳挆臂，拍凳搥床，罵是淫書時，其勢必至無人不讀，洩盡天地妙秘，聖歎大不歡喜。

正因這些多烘先生罵盡《西廂》，指爲淫書，使得販夫走卒爭相閱讀，莫不因好奇之驅使，想一睹《西廂》之究竟。多烘本欲天下不讀《西廂》，孰料反而天下人紛紛取閱，故聖歎讚之有「大功德」。今日《西廂》能名聞遐邇，豈不是拜「淫書」之賜耶？

聖歎不僅爲《西廂》辯淫，更從「淫」與「好色」之定義上，提出質疑。《西廂・酬簡前批》云：

> 古之人有言曰「〈國風〉好色而不淫」。比者聖歎讀之而疑焉，曰：嘻！異哉！好色與淫相去則又有幾何也耶？

據此，聖歎提出懷疑，爲何〈國風〉乃好色而不淫，而《西廂》就爲淫書，究竟好色與淫之分別爲何？甚爲不解。又云：

> 若以爲發乎情止乎禮，發乎情之謂好色，止乎禮之謂不淫，如是解者，……吾固殊不能解，好色必如之何者謂之好色？好色又必如之何者謂之淫？好色又如之何謂之幾於淫，而卒賴有禮而得以不至於淫？好色又如之何謂之賴有禮得以不至於淫，而遂不妨其好色？

好色與淫之分別似乎是一則守禮，一則逾禮，然而禮之範疇該如何限定呢？何種程度是屬謹禮而好色？何種程度又是逾禮而淫？是令人難以釐清的。因此爲何〈國風〉僅是好色，而《西廂》卻爲淫，聖歎認爲太牽強。而且以禮作爲二者之區別，也不夠周全，文云：

> 好色而大畏乎禮而不敢淫，而猶敢好色，則吾不知禮之爲禮將何等也。好色而大畏乎禮，而猶敢好色而觸不敢淫，則吾不知淫之爲淫必何等也。

因爲畏於世俗的禮教而不敢淫，卻敢好色，這種人眞的是止乎禮嗎？這種禮又豈是眞正的禮？好色者畏乎禮，竟敢好色，而獨不敢淫，這種人早有淫心，只是畏禮而不敢，如此不是淫，又是什麼呢？世間是否有外在的禮教，可以使人好色而不淫？聖歎懷疑。其實情性本身就是禮義，是發乎自然的，畏於

禮之好色，其實與淫別無兩樣。聖歎之想法，與李卓吾有若干相似處。〔註2〕其文又云：

> 信如〈國風〉之文之淫，而猶謂之不淫，則必如之何而後謂之淫乎？信如〈國風〉之文之淫，而猶望其昭示來許爲大鑒戒，而因謂之不淫，則又何文不可昭示來許爲大鑒戒，而皆謂之不淫乎？凡此吾比者讀之而實疑焉。

聖歎以爲〈國風〉淫者不可悉舉，如〈鄭風・褰裳〉云：「子不思我，豈無他人。」又如〈衛風・氓〉云：「以爾車來，以我賄遷。」聖歎認爲淫甚。而若謂之不淫，那麼如何才謂之淫？若因其可爲來世鑒戒而謂之不淫，那麼後出之文亦昭示鑒戒而謂之不淫，何以獨〈國風〉爲好色而不淫，而《西廂》就必是淫書呢？聖歎的層層辯論，無非是爲《西廂》辯淫，對於好色與淫，聖歎以爲相去無幾。文云：

> 人未有不好色者也，人好色未有不淫者也，人淫未有不以好色自解者也。此其事，內關性情，外關風化，其伏至細，其發至鉅，故吾得因論《西廂》之次而欲一問之：夫好色與淫，相去則眞有幾何也耶？

聖歎以爲，好色和淫沒有分別，淫者從不自稱淫，而辯解僅爲好色，其實好色者未有不淫也。在他看來，《西廂記》所寫事，便全是〈國風〉所寫事（〈讀法十一〉）。所以《西廂》何淫之有。

聖歎批改《西廂》，也是爲了辯解其淫書之名，於是每每於淫處，特加以批之、改之，冀能使人明瞭實非淫文，而是天地間自然之事。此乃聖歎致力批改《西廂》之用心。

四、金針盡度

《西廂・讀法二十三》云：

> 僕幼年最恨「鴛鴦繡出從君看，不把金針度與君」之二句，謂此必是貧漢自稱王夷甫，口不道阿堵物計耳。若果知得金針，何妨與我

〔註2〕 李卓吾《焚書・讀律膚說》云：「蓋聲色之來，發乎情性，由乎自然，是可以牽合矯強而致乎？故自然發于情性，則自然止于禮義，非情性之外復有禮義可止也。」出乎情性之好色，自不必畏乎禮，因爲禮義存乎內，而畏乎禮之好色，豈不淫乎哉！

> 略度。今日見《西廂記》，鴛鴦既繡出，金針亦盡度，益信作彼語者，
> 眞是脫空謾語漢。

聖歎認爲一個負責之批評者，不僅要點出作品之美，更要讓人明瞭其間之創作方法。猶如一件精心刺繡之鴛鴦，應要將其中金針穿引之過程展現於人前，方能體會其爲良工。聖歎發現世人看書，往往含混帶過，多少好書也因此而埋沒。《水滸傳·楔子總批》云：

> 今人不會看書，往往將書容易混帳過去，於是古人書中所有得意處、
> 不得意處、轉筆處、難轉筆處、趁水生波處、翻空出奇處、不得不
> 補處、不得不省處、順添在後處、倒插在前處，無數方法，無數筋
> 節，悉付之於茫然不知，而僅僅粗記前後事跡，是否成敗，以助其
> 酒前茶後，雄譚快笑之旗鼓。

讀者必須分析創作之方法，內容情節之筋節所在，方能眞正領悟作品之妙處，否則徒記故事大要，其它茫然不知，眞如未曾見過此書一般。聖歎認爲一個批評家，就是要將其法寶盡傳授予讀者，使他們不必假手他人，而自己亦能心領神會。於是他又以「呂祖指頭」爲喻，〈讀法二十四〉云：

> 僕幼年曾聞人說一笑話云：昔一人苦貧特甚，而生平虔奉呂祖。感其
> 至心，忽降其家，見其赤貧，不勝憫之。念當有以濟之，因伸一指，
> 指其庭中磐石，粲然化爲黃金，曰：汝欲之乎？其人再拜曰：不欲也。
> 呂祖大喜，謂：子誠如此，便可授子大道。其人曰：不然，我心欲汝
> 此指頭耳。僕當時私謂此固戲論耳，若眞是呂祖，必當便以指頭與之。
> 今此《西廂記》便是呂祖指頭，得之者處處遍指，皆作黃金。

貧者想要的是點石成金的指頭，如此方能遍指皆作黃金，呂祖不妨將此指頭傳授與他。批評家亦是如此，不僅要爲讀者詳細之評解，更要讀者能放眼讀別的書，要將批評之工夫傳授給讀者，才算是功德圓滿。因此聖歎批改《西廂記》，不僅鴛鴦已繡出，金針亦盡度，更要如呂祖指頭，得之者便能點石成金。故〈讀法十三〉云：

> 子弟讀得此本《西廂記》後，必能自放異樣手眼，另去讀出別部奇
> 書。遙計一、二百年之後，天地間書，無有一本不似十日並出，此
> 時則彼一切不必讀、不足讀、不耐讀等書，亦既廢盡矣，眞一大快
> 事也！然實是此本《西廂記》爲始。

聖歎自許甚高，他期望將《西廂記》之金針盡度，傳授後人，而後人得此讀

書之秘訣，便能讀遍天下之妙文，而廢盡一切之不必讀、不足讀、不耐讀之書，因爲後代子弟曾得呂祖指頭，故能點石成金。聖歎自認爲所批之《西廂》，因能金針盡度，故能廓清天下之書，有功於教化，其批書之宗旨，亦於此可知。

　　總論聖歎批改《西廂記》之動機：因爲感慨人世間之無奈，故以之自我消遣；又因感念後人之思己，而無以爲贈，於是盡智竭力，以其所批之《西廂》留贈後人；再者因前人唾棄《西廂》爲誨淫之作，聖歎不以爲然，不僅爲之辯淫，並譽爲天地之妙文；最後冀能盡度金針，後人讀此本《西廂》後，便能放手讀別書，棄去天下不良之書，做一個盡職之批評家。

第二節　金批《西廂》之批評理念

　　在剖析金批《西廂》之批評手法之前，我們不能不對聖歎內在之批評理念、文學觀點，作一研究。因爲瞭解其批評態度，我們方能做更客觀之分析，也才能探求聖歎當時之初心。

一、事爲文料說

　　金聖歎指示讀者對於文學作品之審美觀點，應採「意在於文，意不在於事」的態度，他認爲故事只是爲求文章內容之完整而作之舖排，並非文章之主體，故吾人不能因事廢文。聖歎認爲文學作品，不應只看故事之來龍去脈，更要體會其內容之眞情流露。故於《西廂記·酬簡前批》云：

> 有人謂《西廂》此篇最鄙穢者，此三家村中冬烘先生之言也。夫論此事，則自從盤古至於今日，誰人家中無此事者乎？則亦自從盤古至於今日，誰人手下有此文者乎？誰人家中無此事，而何鄙穢之與有？誰人手下有此文，而敢謂其有一句一字之鄙穢哉？曰：一句一字都不鄙穢，然則自〈元和令〉起直至〈青歌兒〉盡，如是若干，皆何等言語耶？曰：固也，我正謂如使眞成鄙穢，則只須一句一字而其言已盡，決不用如是若干言語者也。今自〈元和令〉起直至〈青歌兒〉盡，乃用如是若干言語，吾是以絕歎其眞不是鄙穢也。蓋事則家家家中之事也，文乃一人手下之文也，借家家家中之事，寫吾一人手下之文者，意在於文，意不在於事也。意不在於事，故不避

> 鄙穢；意在於文，故吾眞曾不見其鄙穢。而彼三家村中冬烘先生，
> 猶呶呶不休，詈之曰鄙穢，此豈非先生不惟不解其文，又獨甚解其
> 事故耶？然則天下之鄙穢殆莫過先生，而又何敢呶呶爲！

聖歎浩浩蕩蕩一番道理，又說明了「文者見之謂之文，淫者見之謂之淫」，淫者意在於事，故謂之鄙穢，然而此事乃天地間自然之事，何鄙穢之有。《西廂記》記事，乃是眞情性之發揮，〈讀法三〉亦云：

> 人說《西廂記》是淫書，他止爲中間有此一事耳。細思此一事，何
> 日無之，何地無之？不成天地中間有此一事，便廢卻天地耶！細思
> 此身自何而來，便廢卻此身耶？一部書有如許纏纏洋洋無數文字，
> 便須看其如許纏纏洋洋是何文字，從何處來，到何處去，如何直行，
> 如何打曲，如何放開，如何捏聚，何處公行，何處偷過，何處慢搖，
> 何處飛渡，至於此一事，直須高閣起不復道。

正因爲事乃是文字內容之佐料，所以不該因事而廢文，文章中更有許多之妙處，故著眼於文，輕忽於事，可也。金批《水滸》中，對「事」與「文」，有更明確之說明。《水滸傳‧第二十八回總批》云：

> 若文人之事，固當不止敘事而已，必且心以爲經，手以爲緯，躊躇變
> 化，務撰而成絕世奇文焉。如司馬遷之書，其選也。馬遷之傳伯夷也，
> 其事伯夷也，其志不必伯夷也；其傳游俠貨殖，其事游俠貨殖，其志
> 不必游俠貨殖也；進而至於漢武本紀，事誠漢武之事，志不必漢武之
> 志也。惡乎志？文是已。馬遷之書，是馬遷之文也。馬遷書中所敘之
> 事，則馬遷之文之料也。……是故馬遷之爲文也，吾見其有事之巨者
> 而驟括焉，又見其有事之細者而張皇焉，或見其有事之闕者而附會
> 焉，又見其有事之全者而軼去焉，無非爲文計，不爲事計也。

司馬遷所敘之事，乃是史實，但所寫之志，卻是馬遷之志。文學家爲文乃求抒發己志，故對於史事可以驟括，亦可以張皇，可以附會，亦可以軼去，因爲他著意的是文字的慘淡經營，直抒胸臆的心志，故不爲事計，而爲文計，這就是所謂的「事爲文料」說。聖歎以此觀點爲《西廂記》衛護，認爲〈酬簡〉中之事，純是爲藝術而設之文料，其事乃天地間自然之事，其文乃天地間妙文，何鄙穢之有？聖歎以「意在於文，意不在於事」提示讀者，不要因爲描繪之事物過於淺露，而廢卻文字內容之優美。也因爲聖歎以此觀點批評《西廂記》，故能超越世俗「淫書」、「鄙穢」之說，重新塑造《西廂記》之形

象。這也是一位批評家應該具備之批評態度。

二、極微論

「極微論」乃是金聖歎從佛教學說中提煉而出的。他於《西廂記‧酬韻前批》云：

> 曼珠室利菩薩好論極微，昔者聖歎聞之而甚樂焉。夫娑婆世界，大至無量由延，而其故乃起於極微。以至娑婆世界中間之一切所有，其故無不一一起于極微。

大千世界之一切事物均由最小之物質構成，縱使至大無盡，仍是由微小之分子所構成，故一切皆起于極微。聖歎受到佛教影響至深，而自己也有若干之領略，〔註3〕於是引用佛教之學說，「借菩薩極微之一言，以觀行文之人之心」，勉勵讀者要從極微處觀察，方能洞悉其全貌，觀乎至微，方能平凡之處，見其不平凡之大手筆。終其目的，乃是欲得行文之人之心。聖歎以為大自然之一切現象皆可作「極微」之分析，於是以「輕雲鱗鱗」、「野鴨腹毛」、「草木之花」、「燈火之焰」為喻，說明極微之真諦。試以「輕雲」為例，《西廂記‧酬韻前批》云：

> 秋雲之鱗鱗，其細若縠者，縠以有無相間成文，今此鱗鱗之間，則僅是有無相間而已也耶？人自下望之，去雲不知幾十百里，則見其鱗鱗者，其間不必曾至於寸，若果就雲量之，誠未知其為尋為丈者也。……今自下望之而其妙至是，此其一鱗之與一鱗，其間則有無限層折，如相委焉，如相屬焉。所謂極微，於是乎存，不可以不察也。

他認為每一個極其微小的事物，都包藏著一個五彩繽紛之世界，都可以作深入細致之分析。看似綿密之雲，則其間相去不知幾何矣！若野鴨之腹毛，鱗鱗之間近如粟米，然而輕拈毛羽，則縷縷分之，鱗鱗間真亦如有尋丈之相去。若草木之花，於無跗、無萼、無花之中，而欻然有跗，而欻然有萼，而欻然有花，此有極微於其中間，人視之，一瓣之大，如指頭耳，自花計焉，烏知其道里，不且有越陌度阡之遠。再如燈火之焰，自穗而上，由淡碧入淡白，由淡白入淡赤，由淡赤入乾紅，由乾紅入黑煙，吾人只知焰火，又豈知其間之極微。聖歎舉此四例，強調微觀下之豐富世界，是一般人看不到的，於是

〔註3〕金聖歎對佛教教義之研究，可見於其著作，《西城風俗記》、《聖人千案》、《語錄纂》，皆有記載其對佛教教義之闡發。

必要以敏銳的眼光，強烈的感受力，洞察事物之極微奧妙，而成就妙絕之文。極微之理論，雖已見於李贄的《焚書》〔註4〕然而經聖歎如此之用心闡明，更能盡其精髓，而抉發無遺。

「極微」論，一則說明形象之無限性，《西廂記·請宴前批》云：

> 然吾每每諦視天地之間之隨分一鳥一魚、一花一草，乃至鳥之一毛、魚之一鱗、花之一瓣、草之一葉，則初未有不費彼造化者之大本領、大聰明、大氣力而後結撰而得成者也。

縱使細微之事物，皆可看出造化之大，皆可發覺其豐富的形象和多彩多姿的內容，其中包含之無限性，是令人不可思議的。「極微」之理念，又別有說明細節描寫之意義。《西廂記·酬韻前批》云：

> 是雖於路旁拾取蔗滓，尚將涓涓焉，壓得其漿，滿於一石，彼天下更有何逼迍題，能縛我腕，使不動也哉？

從索然無味之文句中，仍可咀嚼出其中之美味，而盡得其神髓，若得如此，則世間之事物，皆能神遊於其間矣！從細微處觀察，分析其中之細膩情致，由小積大，日後必能成就大文章。總之，「極微」說正是為了說明文學之細膩性，聖歎之批評《西廂》，即是致力闡發作品細微處之情感、精神，以探索其豐富內涵，使讀者更能體會《西廂》之神韻，及內在之情感世界。以極微之眼光，作入微之批評，是聖歎深自期許的，他冀望一切之蛛絲馬跡，皆能盡留眼底，從這些蛛絲馬跡中，將《西廂記》看得更通透。

運用極微的論點，聖歎揭示了《西廂記》〈酬韻〉一章之可讀性。《西廂記·酬韻前批》云：

> 以上〈借廂〉一章，凡張生所欲說者皆已說盡，下文〈鬧齋〉一章，凡張生所未說者，至此後方才得說。今忽將於如是中間寫隔牆酬韻，亦必欲洋洋自為一章。斯其筆拳墨渴，真乃雖有巧媳不可以無米煮粥者也。忽然想到張、鶯聯詩，是夜則為何二人悉在月中露下，因憑空造出每夜燒香一段事，而於看燒香上，生情布景，別出異樣花樣。粗心人不解此苦，讀之只謂又是一通好曲，殊不知一字一句一節，都從一黍米中剝出來也。

〈酬韻〉一章，對於情節發展，似乎沒有幫助，而細細觀察，卻是主角人物

〔註4〕李卓吾《焚書·雜說》云：「小中見大，大中見小，舉一毛端建寶王剎，坐微塵裏轉大法輪。」可見李贄早有極微之見解，然而不及金聖歎之說理暢達。

情感萌生之重要章節，因為酬韻，而知張生之才華，鶯鶯之情思，故聖歎願錦繡才子細細讀之，惟有細細讀來，方知〈酬韻〉這章，眞乃異樣手筆。

在極微之觀點下，聖歎又提出了「那輾」法。他藉著雙陸高手陳豫叔之口，說出「那輾」之義。《西廂·前候前批》云：

> 「那」之為言「搓那」，「輾」之為言「輾開」也。

「那輾」法就是極微論的具體運用，主張對事物要作搓那、輾開之細緻剖析，不能淺嘗輒止。又云：

> 那輾則氣平，氣平則心細，心細則眼到，夫人而氣平、心細、眼到，則雖一黍之大，必能分本分末，一咳之響，必能辨聲辨音。人之所不睹，彼則瞻矚之；人之所不存，彼則盤旋之；人之所不悉，彼則入而抉別，出而敷布之。一刻之景，至彼而可以如年；一塵之空，至彼而可以立國。

唯有平心靜氣，方能觀察入微，方能細窺文章那輾之奧妙。聖歎認為文章之寫作，無不以那輾之法為之。《西廂·前候前批》云：

> 凡作文必有題。題也者，文之所由以出也。乃吾亦嘗取題而熟睹之矣，見其中間全無有文。夫題之中間全無有文，而彼天下能文之人，都從何處得文者耶？

文思之浩浩蕩蕩，全是為一主題而發，而這由一而發為無窮的祕訣，正在於那輾之工夫。文又云：

> 總之題則有其前，則有其後，則有其中間。抑不寧惟是已也，且有其前之前，且有其後之後。……誠察題之有前，又察其有前前，而於是焉先寫其前前，夫然後寫其前，夫然後寫其幾幾欲至中間，而猶為中間之前，夫然後始寫其中間，至於其後。

因為能夠細察主題所涵蓋之前後文意，於是使得文氣悠長而不侷促窘迫。務使題麼而文舒長；題急而文紆遲；題直而文委折；題竭而文悠揚。因為對題旨的搓那輾開，更使文筆顯得宛轉曲折，而饒富情趣。

總括極微論及那輾法，其用意皆在說明寫作要抓住細小事物，或平凡之生活剖面，善於條分縷析，由小中見大，從平凡處見其不平凡，如此文筆涵蓋之層面更為擴大，內容更為豐贍。在批評《西廂記》上，金聖歎將極微論運用得淋漓盡致，一切細膩之情思、內蘊之用意，均逃不過他極微之心眼，而闡發殆盡，令吾人讀來，眞可謂耳目一新。

三、論「無」

在《西廂記・讀法》中，金聖歎舖排了相當多之篇幅來說明這個「無」字。〔註5〕〈讀法三十二〉云：

> 《西廂記》是何一字？《西廂記》是一「無」字。趙州和尚，人問狗子還有佛性也無，曰無。是此一「無」字。

聖歎認爲《西廂記》不是一章，不是一句，只是一字，便是一「無」字。至於何謂無？趙州和尙所謂的「無」是何意義？〈讀法四十六〉云：

> 聖歎舉趙州「無」字說《西廂記》，此眞是《西廂記》之眞才實學，不是禪語，不是有無之「無」字。須知趙州和尚「無」字，先不是禪語，先不是有無之無字，眞是趙州和尚之眞才眞學。

讀法中雖一再說明「無」字，卻未能給予明確之意義，然而〈讀法四十、四十一〉中透露出一些意思，〈讀法四十〉云：

> 最苦是人家子弟，未取筆，胸中先已有了文字。若未取筆，胸中先已有了文字，必是不會做文字人。《西廂記》無有此事。

〈讀法四十一〉又云：

> 最苦是人家子弟，提了筆，胸中尚自無有文字。若提了筆，胸中尚自無有文字，必是不會做文字人。《西廂記》無有此事。

他認爲《西廂記》乃是自然而成的，並非有意構擬或無病呻吟。在寫前一篇時，不知道後一篇應如何，寫到後一篇時，他不記得前一篇是如何，〔註6〕《西廂記》之創作乃是無成心與定規，只是任其自然，妙腕偶得，便成佳作。作家提筆前，胸中並非先有文字，而只是「若有若無」之意象，若能捕捉住，便能創作出妙文來。故聖歎以爲《西廂記》只是一「無」字，從無中生出無限。這種「無」的觀點，和老子「無有之用」之「無」字意義相似。聖歎並不諱言他是受到老子道家之影響。〔註7〕他於《西廂・請宴前批》中，再次說

〔註5〕《西廂記・讀法》三十二條至四十六條，皆在解釋所謂的「無」字。

〔註6〕詳見《西廂記・讀法》四十四條及四十五條，當作者在寫此篇時，他便用煞二十分心思、二十分氣力，全力寫此篇，他不曾分心架構後一篇，也不曾分心配合前一篇，因爲一切自然而成。

〔註7〕聖歎對「無」字之詮釋，的確受到道家若干之影響。他在〈請宴〉之前批，便引用了《老子》的話，曰：「三十輻共一轂，當其無，有車之用。埏埴以爲器，當其無，有器之用。鑿戶牖以爲室，當其無，有室之用。」便說明了「若有似無」、「無有之用」。

明「若有似無」之形象，文云：

> 洞天福地中間，所有之回看爲峰，延看爲嶺，仰看爲壁，俯看爲
> 溪，……而吾有以知其奇之所以奇，妙之所以妙，則固必在於所謂
> 「當其無」之處也矣。蓋當其無，則是無峰無嶺、無壁無溪、無坪
> 坡梁磵之地也。然而當其無，斯則眞吾胸中一副別才之所翱翔，眉
> 下一雙別眼之所排蕩也。夫吾胸中有其別才，眉下有其別眼，而皆
> 必於當其無處而後翱翔，而後排蕩。

聖歎以爲，只有於「無」處，才能逞「翱翔」、「排蕩」之能，也才能創作神
妙之文。而對於寫作之理想境界，聖歎仍然主張「無」，《水滸傳‧序一》云：

> 心之所至，手亦至焉者，文章之聖境也；心之所不至，手亦至焉者，
> 文章之神境也；心之所不至，手亦不至焉者，文章之化境也。

所謂之「化境」乃是不著一字，盡得風流；無聲勝於有聲之境界。在「化境」
之文筆下，留給讀者想像之空間，故又云：

> 夫文章至於心手皆不至，則是其紙上無字、無句、無局、無思者也，
> 而獨能令千萬世下人之讀吾人者，其心頭眼底，乃宛宛有思，乃搖
> 搖有局，乃鏗鏗有句，乃燁燁有字。

因爲「無」，故能幻生出無極限之有。聖歎強調以虛寫之「無」，克服實寫之
束縛。聖歎認爲實寫反不能表達文趣。《西廂‧鬧齋前批》便云：

> 夫彼眞不悟從來妙文，決無實寫一法。夫實寫，乃是堆垛上墼子，
> 雖鄉裏人猶過而不顧者也。

在他眼中，「空」、「無」反而蘊含更多的美感，詮釋情感更要來得高明而眞切，
實寫不夠含蓄，終不免要流於鄙俗。故就用筆而言，聖歎仍主「虛寫」之空
靈排宕，而切責實寫之平庸。

如何捕捉形象之「若有似無」，聖歎以爲必須別具靈眼、靈手。〈讀法十
八〉云：

> 文章最妙，是此一刻被靈眼覷見，便於此一刻放靈手提住。蓋於略
> 前一刻亦不見，略後一刻便亦不見，恰恰不知何故，卻於此一刻忽
> 然覷見，若不提住，便更尋不出。今《西廂記》若干文字，皆是作
> 者於不知何一刻中，靈眼忽然覷見，便疾提住，因而直傳到如今。

《西廂記》能流傳至今，其間之妙文皆是此一刻覷見，便此一刻捉住。否則
將付之泥牛入海，永無消息。聖歎又謂今後絕代才子，亦不能做得出如此之

《西廂記》，縱使要王實甫重做一本，也是不復可得，因爲別一刻所覷見，便用別樣捉住，便是別樣文心，別樣手法，已是別本，而非此《西廂記》了。〔註8〕聖歎認爲「此一刻」之機緣相當難得，《西廂記》能夠覷見，並放手捉住，故能妙絕古今。他深恨千萬年前，無限妙文已是覷見，卻捉不住，於是如煙消霧散，永無蹤跡。因爲「覷見是天付，捉住須人工」（〈讀法二十〉）如果無法捕捉住形象之「若有似無」，縱有創作之靈感，也是枉然。聖歎意欲後人學得捉住之工夫，於是批此《西廂記》，明其何時覷見，何時捉住。既而學得如何捉住，便可創作出無限妙文。

　　因爲「無」有相當大的延展性及想像空間，故聖歎贊譽《西廂》其實就是一「無」字，是天地自然生成之妙文。因爲作者之靈眼覷見、靈手捉住，將「若有似無」之創作靈感捕捉於文筆之下，化爲無限妙文，流傳至今而不朽。

四、主觀之批評

　　對於批評《西廂記》之態度，金聖歎乃是採主觀之批評方式。〈讀法七十二〉云：

> 聖歎批《西廂記》是聖歎文字，不是《西廂記》文字。

金氏對《西廂記》之評論，乃是在欣賞之基礎下做批評之工夫，因爲欣賞本身就必須融入自己之思想情感，使自己作設身處地之感受，身臨其境之體驗。所以，聖歎所批之《西廂》，終因摻雜了自己的主觀意識，已不是原來之《西廂》。就誠如《西廂》之故事乃是源自《會眞記》，然而經過王實甫之重新塑造下，《西廂》之張生已非《會眞記》中之張生；《西廂》之鶯鶯亦非《會眞記》之鶯鶯，純粹只是《西廂記》文字，而非《會眞記》文字。〔註9〕〈讀法七十二〉又云：

> 天下萬世錦繡才子讀聖歎所批《西廂記》，是天下萬世才子文字，不是聖歎文字。

〔註8〕《西廂記・讀法十九》云：「今後任憑是絕代才子，切不可云此本《西廂記》我亦做得出也。便教當時作者而在，要他燒了此本，重做一本，已是不可復得。縱使當時作者他卻是天人，偏又會做得一本出來，然既是別一刻所覷見，便用別樣捉住，便是別樣文心，別樣手法，便別是一本，不復是此本也。」

〔註9〕《西廂記・讀法七十》云：「《西廂記》是《西廂記》文字，不是《會眞記》文字。」意謂作者之主觀意識，已使《西廂記》脫離《會眞記》之影子，獨立成爲另一本《西廂記》。

讀者在閱讀之際,如何溯源作者之初心?聖歎以爲縱使其詳批之《西廂》,日後讀者亦難能知其原意,不妨讀者可以依自己之觀點而加以詮釋,如此則不是原來之聖歎文字,而是天下萬世才子之文字。《西廂記・序二》中,聖歎亦云:

> 我眞不知作《西廂記》者之初心,其果如是,其果不如是也。設果如是,謂之今日始見《西廂記》,可;設其果不如是,謂之前日久見《西廂記》,今日又別見聖歎《西廂記》,可。

因爲作者之初心實在難以揣測,吾人亦不知其初心之果如是,果不如是,於是倒不如自由詮釋,不必太在意作者之原意。金聖歎這番主觀批評之論調,完全落實在所批之《西廂》中。因此,他筆下之張生、鶯鶯、紅娘,已和王實甫筆下之人物有些出入,純粹是金氏心目中之人物形象,而非原來《西廂》之面貌。

《西廂記・鬧齋前批》之文,聖歎更巧爲譬喻,說明其主觀批評之論點。他設言久聞廬山之美而未得見,或有人自江西來,輒叩問廬山眞如傳言之美否?然則人言人殊,遂問於斷山,斷山乃言曰:「吾於言如是者,即信之;言不如是者,置不足道焉。」斷山只信稱說廬山之美者,而不論是否合於廬山眞面目,此正是聖歎批《西廂記》之態度。《西廂記》之曲文義蘊深厚,可有多層面之解釋,聖歎只選擇他認爲最好之解釋,而不管是否合於王實甫之原意。如此方能馳騁其想像力,不受作者原意之限制,而可「縱心尋其起盡,以自容與其間」。〔註10〕再者,金聖歎辯稱今人之提筆,不需也不能向古人負責。《西廂記・驚豔前批》云:

> 則吾欲問此提筆所寫之古人,其人乃在十百千年之前,而今提筆寫之之我,爲信能知十百千年之前,眞曾有其事乎?不乎?乃至眞曾有其人乎?不乎?曰:不能知。……即使古或曾有其人,古人或曾有其事,而彼古人既未嘗知十百千年之後,乃當有我將與寫之,而因以告我,我又無從排神御氣,上追至於十百千年之前,問諸古人。然則今日提筆而曲曲所寫,蓋皆我自欲寫,而於古人無與。與古人無與,則古人又安所復論受之與不受哉!曰:古人不受,然則誰受之?曰:我寫之,則我受之矣。

〔註10〕 《西廂記・賴簡前批》云:「文章之妙,無過曲折。誠得百曲千曲萬曲之文,百折千折萬折之文,我縱心尋其起盡,以自容與其間,斯眞天下之至樂也。」此乃聖歎自言其對文字之好尚,最喜含意豐富,可多樣解釋及欣賞之作品。唯此方能有無限想像、無盡文意。

聖歎認爲提筆所寫之古人與其事，實不知千百年前是否眞有此人、此事。縱使眞有此人、此事，遙距百千年之久，古人不能因以告我，而我亦無從追問，如何推溯古人之原意呢？於是聖歎以自我之意思解釋作品，姑且稱之爲聖歎文字，而已非原來之《西廂》文字。他提出「自由詮釋」的方法，不要後世讀者一味地接受他的看法，因爲每一位讀者都自有其詮釋作品之方法，透過自身主觀之思考，便又是每一位後世讀者心裡頭之文字，而非聖歎文字。

　　金聖歎之主觀批評，也許不盡合乎原作者之初心，然而其精心批評《西廂》，重新塑造人物形象，對曲文之描寫、情節之分析、情感之剖白，別出心裁，全然是另一部「聖歎西廂」，其異樣之手眼，仍是相當具可看性。

第三章　金聖歎批評《西廂》之分析

第一節　金批《西廂》之淵源

在我國文學批評理論中，評點乃是一種獨特之形式，它最初由批評詩文開始，進而更廣泛地運用於小說、戲曲批評中。追溯「評點」之始，清章學誠《校讎通義·內篇一》云：

> 評點之書，其源亦始鍾氏《詩品》、劉氏《文心》；然彼則有評無點，且自出心裁，發揮道妙，又且離詩與文而別自爲書，信哉其能成一家言矣！自學者因陋就簡，即古人之詩文而漫爲點識批評，庶幾便於揣摩誦習。

章氏認爲《文心雕龍》及《詩品》對文學作品及作家之品評，是評點文學之雛型，只不過此二書只評而無點，且與詩文分離而獨立成書，不同於日後評點派之批評方式。〔註1〕曾國藩〈經史百家簡編序〉亦云：

> 梁世劉勰、鍾嶸之徒，品藻詩文，褒貶前哲，其後或以丹黃識別高下，於是有評點之學。

〔註1〕《文心雕龍·序志篇》云：「詳觀近代之論文者多矣：至如魏文述《典》，陳思序〈書〉，應瑒〈文論〉，陸機〈文賦〉，仲洽《流別》，弘範《翰林》，各照隅隙，鮮觀衢路。或臧否當時之才；或詮品前修之文；或汎舉雅俗之旨；或撮題篇章之意。魏《典》密而不周；陳〈書〉辯而無當；應〈論〉華而疏略；陸〈賦〉巧而碎亂；《流別》精而少巧；《翰林》淺而寡要。」又鍾嶸《詩品·總論》云：「陸機〈文賦〉，通而無貶；李充《翰林》，疏而不切；王微《鴻寶》，密而無裁；顏延《論文》，精而難曉；摯虞《文志》，詳而博贍，頗曰知言。」他們不但注意文學批評之史料，更發表了對前人批評之一番見解。

因爲中國人讀書習慣以丹黃圈點，因此有批點式之批評產生。而這種評點方式乃是直接從作品本身出發，其所闡發之理論，皆是通過批閱和評論原文來體現。正因爲評點乃是夾雜於作品當中，與作品交融在一起，故能引導讀者欣賞與品味，可作爲溝通作者與讀者之間思想感情之橋樑。

在文章關鍵處抹畫圈點，這原是古人讀書之習慣，然而如此評點方式日後竟大行其道，無非受到科舉考試、八股取士之刺激。宋明之時，科場作文，有勾股點句之例，試官評定甲乙，用硃墨旌別其旁，名爲圈點，後人於是模仿其法，塗抹古書，便於利祿之途。宋呂祖謙《古文關鍵》即是選出唐宋文「可爲人法者」，詳爲抹畫圈點，指出文章精神筋骨之處。張雲章〈古文關鍵序〉云：

> 觀其標抹評釋，亦偶以是教學者，乃舉一反三之意。且後卷論策爲多，又取便於科舉。

因爲「取便於科舉」，故評點工作在宋明時得到相當之支持，而蓬勃發展。明代又以八股文取士，嚴格地限制文章結構、字數音韻，於是讀書人更致力揣摩作文之法，著意於文章之形式，在古書上斟酌字句，專其力、壹其思，以達於古人，評點詩文之風氣於茲大盛。

明代對評點之學最具貢獻之學者，可推李贄、徐渭、湯顯祖、陳繼儒等戲曲家。他們將評點之領域，由詩文擴展至小說、戲曲，脫離科舉之牢籠，走出自己的路來，並成爲評點之學之主流。李贄是明代著名的思想家，據明周暉《金陵瑣事》卷一〈五大部文章〉之記載云：

> 太守李載贄，字宏甫，號卓吾。……常云宇宙內有五大部文章：漢有司馬子長《史記》、唐有《杜子美集》、宋有《蘇子瞻集》、元有《施耐庵水滸傳》、明有《李獻吉集》。

李贄對各文體一律平等看待，將《水滸傳》推爲五大部文章。並且稱譽《西廂記》爲古今至文，〔註2〕提高了通俗文學的地位，且影響金聖歎之評點，聖歎之「六才子書」和李贄「五大部文章」，有異曲同工之妙。而李贄致力於評點《西廂》、《水滸》，〔註3〕對評點之學有推波助瀾之功效。

〔註2〕 李摯《焚書》卷三〈雜述・童心〉一節中，便將《西廂》及《水滸》喻爲古今至文。並且各時代有各時代的文體，文學主流因時因勢而變，不要拘泥於古詩文，而藐視小說戲曲之必然性。

〔註3〕 根據學者之考證，明代容與堂刊本《李卓吾先生批評忠義水滸傳》應是葉畫僞託其名行世。而葉畫，生卒年不詳。

其他戲曲家，不僅戮力戲曲寫作，並且從事批書之工作，如徐渭、湯顯祖、陳繼儒等，皆曾評點《西廂記》，而盛行於明代。評書之風氣，由於他們之大力提倡而盛極一時，再配合著科舉取士，於是蔚爲一股潮流。

金聖歎之出現，代表著評點之學之最高峰，其後雖不乏有大家出現，然未能有超越聖歎者。他通過評點，使劇作中之各色人等，神情畢露，且對劇作家的匠心獨運，亦領會得體貼入微，如同身臨其境。其《第六才子書》中，不僅對王實甫《西廂記》作系統而精闢之分析、批評，更於其中闡述自己之戲曲主張，透過作品本身之剖析，而抽離出理論，使讀者於欣賞藝術之同時，亦能增進戲曲理論之知識。因爲聖歎獨能於欣賞之基礎上作批評之工夫，故成爲評點式戲曲批評最具權威之代表。

評點式批評乃是一種寓文學批評於指點讀書、作文法門之中之批評方法，故先天上和科舉的八股章法難分難解。金聖歎在明代濃厚之批評風氣感染下，不免受八股之影響。如《唱經堂杜詩解》卷三〈秋興八首〉別批云：

> 唐制八句，原止二句起，二句承，二句轉，二句合，爲一定之律。……
> 抑豈知三四之專承一二，而一二用意高拔，比三四較嚴；五六轉出
> 七八，而七八含蓄淵深，比五六更切。

明代以八股文取士，八股者，破題、承題、起講、提比、虛比、中比、後比、大結是也。較之以往，更來得嚴格而死板，聖歎受時代風氣影響，在批書上也注重「文法」，對文章之形式，要求合乎文法。《水滸傳·序三》云：

> 蓋天下之書，誠欲藏之名山，傳之後人，即無有不精嚴者。何謂之
> 精嚴？字有字法、句有句法、章有章法、部有部法是也。

他認爲天下不朽之作，必定是合文法之精嚴之作。他又以爲如果能夠善得此法，便可以遍讀天下之書，其易如破竹也。所以聖歎在批書之際，專力於揭示文章之法，使讀者皆成爲庖丁解牛，個中高手。而這所謂之「法」，不免又落入「八股」之窠臼，然而此乃勢之必然，因爲當時之知識份子，都是學八股起家，對此「文法」自然容易產生共鳴，較能有更深遠之影響。

金聖歎文學批評受八股文啓示的地方，可由其對題目之重視看出。《第六才子書西廂記》於篇首時便釋名書題，「西廂」命名之旨，這便是八股文破題之法，由於破題便呈現出全書之中心主旨。而聖歎對內容所作之批語，又涉及八股之文法，〔註4〕但聖歎最難得之處，乃是在八股文法上，釐析出一套創

〔註4〕聖歎受八股之啓示，我們亦可從《西廂·前候前批》中看出，其中內容乃是

作理論，對後人創作技巧上有啓示之作用。此章之立意，乃是對金聖歎評點式之文學批評，作一分析，探究其特色及優劣。

第二節　批書的一副手眼

在金聖歎心中，認爲他所批評之書，皆是在「一副手眼」下進行的。《西廂記·讀法九》云：

> 聖歎本有才子書六部，《西廂記》乃是其一。然其實六部書，聖歎只是用一副手眼讀得。如讀《西廂記》，實是用讀《莊子》、《史記》手眼讀得。便讀《莊子》、《史記》，亦只用讀《西廂記》手眼讀得。如信僕此語時，便可將《西廂記》與子弟作《莊子》、《史記》讀。

他認爲書雖不同，但是讀書之法卻是一樣的，以讀《西廂記》之手眼讀《莊子》、《史記》，仍舊可以游刃有餘。因爲無論是何書，聖歎皆以「一副手眼」之批評方式來讀，故讀其所批《西廂記》，如同讀《莊子》、《史記》。正如〈讀法十〉所云：

> 子弟至十四、五歲，如日在東，何書不見，必無獨不見《西廂記》之事。今若不急將聖歎此本與讀，便是眞被他偷看了《西廂記》也。
>
> 他若得讀聖歎《西廂記》，他分明讀了《莊子》、《史記》。

聖歎的「一副手眼」，正是我們研究的重點。觀察其所批《西廂》之形式，除了將原文批點外，並有讀法指導讀者如何欣賞其書，並透露他的見解。又於每折之前附有總批，說明每折之作法及用意。而他於內容之中，則以夾批之形式，附於曲文之後或插入曲文之中，加以批釋、賞析。其評點可說是相當周密。本章寫作之目的乃是從其繁多而零散之批語當中，抽絲剝繭，發掘出批評之精髓及獨特之風格，替金聖歎之戲曲主張做一整理之工夫。

至於本文採用金批《西廂》之版本，乃是清順治年間刊刻之《貫華堂第六才子書西廂記》，台北長安出版社將其重新排版，並收集聖歎其它著作，編成《金聖歎全集》。而此書中或有排版錯誤之字，則再參酌清光緒年間，上海鴻寶齋石印本《增像第六才子書》，新文豐出版影印成書；以及國立中央圖書館收藏，清初原刻本，鄒聖脈編註《樓外樓訂正妥註第六才子書》；以及清書

教人由相題而製作八股文之法，進而引申出一套創作理論。在他的才子書裏，對題目都費盡心血加以推敲、闡釋。

坊金谷園刊本《第六才子書》，亦收藏于國立中央圖書館。希望藉不同版本文字之考訂，以還本書之原貌。

一、剖析人物性格

　　金聖歎對《西廂記》內容之批評，首重在人物性格上之分析，並認爲書中人物的安排，止在寫三個人，〈讀法四十七〉云：

> 《西廂記》止寫得三個人：一個是雙文，一個是張生，一個是紅娘。
> 其餘如夫人，如法本，如白馬將軍，如歡郎，如法聰，如孫飛虎，
> 如琴童，如店小二，他俱不曾著一筆半筆寫，俱是寫三個人時，所
> 忽然應用之家伙耳。

他以爲整部《西廂記》的用筆，只在此三人，其它只是隨意帶過罷了。他又將《西廂》之內容分爲三部分，「前半是張生文字，後半是雙文文字，中間是紅娘文字。」〈〈讀法六十九〉〉由於這三者之間的情感糾結，衍生出一部傳誦千古之奇文。至於三人之間的關係，聖歎有精到的闡述。〈讀法四十八〉云：

> 譬如文字，則雙文是題目，張生是文字，紅娘是文字之起承轉合。
> 有此許多起承轉合，便令題目透出文字，文字透入題目也。其餘如
> 夫人等，算只是文字中間所用之乎者也等字。

金氏以文字來比擬三人之關係，又以「藥」作比喻，〈讀法四十九〉云：

> 譬如藥，則張生是病，雙文是藥，紅娘是藥之炮製，有此許多炮製，
> 便令藥往就病，病來就藥也。其餘如夫人等，算只是炮製時所用之
> 薑、醋、酒、蜜等物。

如果沒有起承轉合，則題目、文字互不搭調，豈能成就好文章；如果沒有炮製之方，則藥難治病，病亦不得醫治，可見紅娘在此間，扮演穿針引線之角色。而《西廂‧續之四》之批語中，他又以「寫花」與「寫酒」作譬喻：

> 故有時亦寫紅娘者，此如寫花卻寫蝴蝶，寫酒卻寫監史也。蝴蝶實
> 非花，而花必得蝴蝶而逾妙；監史實非酒，而酒必得監史而逾妙；
> 紅娘本非張生、鶯鶯，而張生、鶯鶯必得紅娘而逾妙。

這些比喻都清楚地寫出《西廂記》的人物關係，而且可看出鶯鶯爲主體，而張生、紅娘皆從屬之，聖歎以爲全劇之中心人物是雙文，[註5]〈讀法五十一〉

〔註 5〕聖歎每以「雙文」之名，代稱鶯鶯。而「雙文」此名，始出於元稹之詩中，
　　　　元稹〈雜憶詩〉五首，皆有雙文之名，而元稹更有〈贈雙文〉一詩，後人考

云：

> 若更仔細算時，《西廂記》亦止爲寫得一個人。一個人者，雙文是也。

因爲要寫雙文，於是又寫紅娘，又寫張生，其實都是出力寫雙文。聖歎最注重鶯鶯之形象，其它人只是爲鶯鶯而設的，故他對鶯鶯心理之起伏，揣測得相當細膩，同時也爲鶯鶯之行徑，作了不少辯護。

金聖歎對人物性格主張要個性化，他的見解出自《水滸傳・序三》，文云：

> 《水滸》所敍，敍一百八人，人有其性情，人有其氣質，人有其形
> 狀，人有其聲口。

他強調一個人有自己獨特之性格，文章要能捉住每一個人的性格，一人一個樣，如此才能令人百看不厭。而在《西廂記》中，聖歎不僅要求人物的個性化，並且要求人物性格的一致，前後之行爲不應該是矛盾的，於是在前後性格矛盾處，每每加以解說澄清，力求性格上的一致。

聖歎眼中之鶯鶯形象爲何？我們可於〈賴簡〉之批語中得知，其前批云：

> 雙文，天下之至尊貴女子也；雙文，天下之至有情女子也；雙文，
> 天下之至靈慧女子也；雙文，天下之至矜尚女子也。

鶯鶯貴爲相國千金，自然比一般女子更謹守禮教，然而面對翩翩風采之張生，她終究無法掩藏住多情的一面，於是就在情與禮的掙扎下，表現出不同的行爲。在聖歎眼中，鶯鶯是國艷，是天仙化人，是佳人，她不可能如小家碧玉似的扭捏作態，也不可能逾禮而失身份，實是才貌兼備之難得女子。故一切詆毀鶯鶯之言語，聖歎皆一一辯駁，他不容許別人懷疑鶯鶯之德性，因此全力維護鶯鶯形象。例如第一之四章題目正名，首句言「老夫人開春院」，聖歎批云：

> 於第一章大書曰：「老夫人開春院」，雖曰罪老夫人之辭，然其實作
> 者乃是巧護雙文。蓋雙文不到前庭，即何故爲游客誤見？然雙文到
> 前庭而非奉慈母暫解，即何以解於女子不出閨門之明訓乎？故此處
> 閒閒一白，乃是生出一部書來之根，既伏解元所以得見驚艷之由，
> 又明雙文眞是相府千金秉禮小姐。蓋作者之用意，苦到如此，近世
> 忤奴，乃云雙文直至佛殿，我睹之而恨恨焉。

金聖歎肯定鶯鶯之佳人形象，於是將其前庭游園而洩露春光之行爲，歸罪於崔母，若不是崔母之明命，鶯鶯必不敢至前庭，亦不會有驚艷一事，也不會生出《西廂記》一部書來，所以一切的起因，皆由於「老夫人開春院」，而非

證詩中所述之內容，與〈會眞記〉相合，故言其隱二鶯字而爲雙文也。

鶯鶯之過。金聖歎於此折開頭所標之正名,實欲替鶯鶯掩過。又〈驚艷〉曲文〈元和令〉後之批語云:

> 蓋下文寫雙文見客即走入者,此是千金閨女自然之常理。而此處先
> 下「儘人調戲」四字,寫雙文雖見客走入,而不必如驚弦脫兔者,
> 此是天仙化人,其一片清淨心田中,初不曾有下土人民半星齷齪也。
> 看他寫相府小姐,便斷然不是小家兒女。

因為雙文有如天仙化人,心思純真無瑕,不知世間有張生,亦不解游園之蕩然,她不似小家女兒如藏似閃,作盡醜態,而純真自然地嬉戲,縱使見客即走入,亦是不慌不忙,盡是大家風範。若因「儘人調戲」而謂鶯鶯目挑心招,實是以下土人民之齷齪想法,誤解了鶯鶯,故金氏不得不仗義直言。

論及張生(君瑞)之形象,我們於〈讀法五十五〉中可見:

> 《西廂記》寫張生,便真是相府子弟,便真是孔門子弟,異樣高才,
> 又異樣苦學;異樣豪邁,又異樣淳厚。相其通體自內至外,並無半
> 點輕狂,一毫奸詐。年雖二十有餘,卻從不知裙帶之下,有何緣故,
> 雖自說顛不刺的見過萬千,他亦只是曾不動心。寫張生,直寫到此
> 田地時,須悟全不是寫張生,須悟全是寫雙文。

此處對張生做一番澈底之描述,明其非輕浮好色之徒,而是真正的讀書人。因為要說明雙文是佳人,就必先說明張生是才子,自古才子配得佳人也。聖歎「才子佳人」說,見於《貫華堂選批唐才子詩》一書中,他於評包何〈同閻伯均宿道觀有述〉一詩之批文云:

> 自古才子必悅佳人,佳人亦必悅才子。不悅佳人者,固決非才子;
> 然則不悅才子者,亦決非佳人。且我亦因才子悅故,遂以為佳人耳。
> 如據不悅才子,彼豈復佳人者?通夜反覆思之:身是真正才子,定
> 有真正佳人。何謂真正佳人?但能真正悅才子者即是也。

聖歎既肯定佳人,必也肯定才子。於是批文中屢稱張生之合禮。如〈驚艷〉中,張生言其先人官拜禮部尚書,聖歎批云:「周公之禮,盡在張矣!」而此篇〈點絳唇〉曲文「游藝中原」下,金氏批云:「言游藝,則其志道可知也,開口便說志道游藝,則張生之為人可知也。」聖歎之意,張生絕非貪圖美色之浪蕩子。在〈驚艷〉中,又以黃河為喻,言張生學富、才敏,並非偷香傍玉之徒,而是多情之才子。唯有其才子之說成立,才能成全才子佳人珠聯璧合之美意。

對於張生、鶯鶯悖禮之說,金氏大不以為然,他認為這兩人之所以可愛,

就在於他們的多情而又秉禮。〈琴心〉前批云：

> 夫才子之愛佳人則愛，而才子之愛先王則又愛者，是乃才子之所以
> 爲才子；佳人之愛才子則愛，而佳人之畏禮則又畏者，是乃佳人之
> 所以爲佳人也。

才子不僅愛佳人，更愛先王之禮，佳人不僅愛才子，更畏懼先王之禮。縱使才子佳人有必至之情，終因爲不可犯禮，至死亦互不得知。然而《西廂記》中，由〈驚艷〉到〈酬簡〉，實在出現了不少悖禮之行爲，聖歎於〈琴心〉前批辯云：

> 夫夫人而未之嘗許，則張生雖死，實應終亦不敢，此自爲禮在故也。
> 若夫人而既許之矣，張生雖至無所忌憚，而儼然遂煩一介之使，排
> 闥以明告之雙文，我謂此已更非禮之所得隨而議之。何則？曲已在
> 彼，不在此也。

他以老夫人許婚爲分界，未許婚之前，彼此雖愛慕，終因秉禮而未嘗踰矩。而忽然有賊警之事，於是許諾婚約，並且「兩廊下三百人證之」，則張生和鶯鶯便如同合法之夫婦，老夫人臨時變卦賴婚，則罪過乃在老夫人，所以許婚之後的「跳牆」、「酬簡」等事，就不算是悖禮了。爲了使張生、鶯鶯之行爲循禮，聖歎在批改上下了不少工夫，許婚之前一定要合禮，於是聖歎對其間不合禮之處動輒修改，爲的是使人物的性格更加一致，而皆是秉禮的才子佳人。

　　金氏不僅爲人物的行徑辯護，更細膩地分析人物的心理變化，藉此將其性格剖析得更詳細。在揣摩每個人物的性格時，聖歎提出了「心、地、體」之說，〈賴婚〉前批云：

> 事固一事也，情固一情也，理固一理也，而無奈發言之人，其心則
> 各不同也，其體則各不同也，其地則各不同也。

由聖歎之批文可看出：「心」是指戲曲人物的心理活動，也就是所謂的心態；「體」乃是指戲曲人物之間的特殊關係，如鶯鶯和老夫人是母女關係；「地」是指戲曲人物的身份、社會地位。同樣一件事，因爲每個人的心、地、體不同，呈現的性格和反應自然也就不同，於是塑造出不同的人物形象。《西廂記》一書，金氏極力捉摸鶯鶯之心理，由於社會地位不容其追求愛情之自由，又恐受母親之責難、紅娘的窺知，於是將情感一直深埋，然而當她思及張生之癡情，產生的心緒糾結，竟造成她心理上的衝擊，這正是文章最精彩處。聖歎唯恐讀者不易察覺鶯鶯起伏矛盾的心理，於是致力闡述鶯鶯的心思，許多

令人費解的行爲，經聖歎一一剖析，才恍然明白實在是不得不然之舉。如對〈賴簡〉中鶯鶯心理之分析，眞可謂絲絲入扣。其前批云：

> 天下亦惟有我之心則張生之心也，張生之心則我之心也。若夫紅娘之心，則何故而能爲張生之心？紅娘之心既無故而不能爲張生之心，然則紅娘之心何故而能爲我之心？

鶯鶯一直不敢信任紅娘，深怕紅娘窺知心事，然而〈鬧簡〉中之紅娘，故意置信簡於妝盒之側，且舉止輕浮，想必是張生將所有之事罄盡言於紅娘之前，以鶯鶯之天性矜尙，豈能不勃然大怒，藉以掩飾心中羞報不安之情。而後鶯鶯回簡又賴之，實在也因紅娘之緣故。鶯鶯簡中題詩，明言「待月西廂下」而會於花園中，然其所以賴簡，聖歎於此折前批云：

> 蓋雙文有情，則既謂人之有情皆如我也；而雙文靈慧，則又謂人之靈慧皆如我也。

鶯鶯既然處處防著紅娘，自然不願被窺知約會之事，而鶯鶯以爲張生之靈慧，必定也不會告知紅娘。誠如金氏所言：

> 夫張生快然大悟，而疾捲書而袖之，更多詭作咨嗟而漫付之，敬謝紅娘而遣還之，然後或坐或臥而徐待之，待至深更而悄焉赴之。

然而張生不能理解鶯鶯之用意，一切又盡告知紅娘，於是惹得鶯鶯之賴簡。文云：

> 夫更未深，人未靜，我方燒香，紅娘方在側，而突如一人則已至前，則是又取我詩於紅娘前，不惜罄盡而言之也。此眞雙文之所決不料也，此眞雙文之所決不肯也。此眞雙文之所決不能以少耐也。蓋雙文之尊貴矜尙，其天性既有如此，則終不得而或以少貶損也。由斯以言，而鬧簡豈雙文之心，而賴簡尤豈雙文之心。

鶯鶯無時無刻不提醒自己之身份，尤其在婢妾紅娘之前，更不能失去尊嚴，然鬧簡中遭紅娘戲弄，約會張生又爲之識破，小姐之尊嚴蕩然無存，自然鶯鶯要鬧簡、賴簡了。

以上乃是聖歎對鶯鶯、張生性格之分析，並且對鶯鶯之心思更是苦心揣摩。至於紅娘之性格，聖歎以爲全都是爲襯托鶯鶯而寫的。〈讀法五十六〉云：

> 《西廂記》寫紅娘，凡三字加意之筆：其一於〈借廂〉篇中峻拒張生，其二於〈琴心〉篇中過尊雙文，其三於〈拷豔〉篇中切責夫人。
> 一時便以周公制禮，乃盡在紅娘一片心地中，凜凜然，侃侃然，曾

> 不可得而少假借者。寫紅娘直寫到此田地時，須悟全不是寫紅娘，
> 須悟全是寫雙文。錦繡才子必知其故。

〈借廂〉篇中，紅娘明言老夫人治家嚴肅，痛誨張生非禮勿言，非禮勿動，使得張生羞愧難當。〈琴心〉篇中，紅娘深知鶯鶯爲雍雍肅肅之千金小姐，不敢以無故之言干冒尊嚴，於是藉琴心而得其情、得其語。又〈拷豔〉一篇，紅娘義正嚴辭地數落老夫人之罪狀，伶俐直言，將紅娘之性格發揮盡致。正因爲紅娘有這樣的正義感、直爽心腸，於是從頭至尾，無條件地牽合小姐與張生之姻緣。〈前候〉篇中，張生欲以金帛酬謝紅娘，反惹來紅娘之斥責，聖歎於此讚云：

> 世間有斤兩可計算者，銀錢；世間無斤兩不可計算者，情義也。如
> 張生、鶯鶯男貪女愛，此眞何與紅娘之事，而紅娘便慨然將千金一
> 擔，兩肩獨挑，細思此情此義，眞非秤之可得稱，斗之可得量也。

紅娘之志氣，由此可得知，她在乎的並非是金貲，而是爲情義所感，願有情人皆成眷屬。

聖歎心目中之紅娘，是一位善解人意、蘭心蕙質的女子，因爲紅娘的慧點，洞悉小姐之心思，我們方能從紅娘口中得知鶯鶯深藏的情愫，沒有紅娘的巧手安排，鶯鶯便無法突破心理障礙，眞實面對自己的感情，可見得紅娘是文中穿針引線的靈魂人物。聖歎每每形容紅娘「賊也」，〈琴心〉中，她狡獪地伏伺於暗處，以證實小姐之情思，故稱之曰「賊」。又紅娘深知小姐之多變，恐「待月西廂」之事突起變卦，於是偷放張生入門時，謹慎異常，令「潛身曲檻邊」，對此事聖歎批云：

> 卻悟此句乃紅娘放好自家。蓋昨日止因一簡，便受無邊毒害，今若
> 適來關門，而反放入一人，安保雙文變計多端，不又將捉生替死，
> 別起波瀾乎？故因特命張生且復少停。得張生少停，而紅娘早已抽
> 身遠去，便如聳身雲端，看人廝殺者，成敗總不相干矣。

紅娘之謹言愼行，實在是因爲鶯鶯之變化多端所學得之教訓，此處之放好自身，免受波及，不僅說明紅娘之刁鑽，也說明其了解小姐之深入，雖然鶯鶯刻意隱瞞，仍逃不過其法眼。

金聖歎對紅娘心理分析最透徹的是〈鬧簡〉一篇，他於前批云：

> 此篇寫紅娘，凡有四段，每段皆作當面斗然變換，另是一樣章法。

〈鬧簡〉中紅娘的心情有四種變化，第一段寫紅娘帶回書信，對張生有無限

照顧，而鶯鶯乃張生心中之寶，故倍加珍惜，因心頭和張生連成一線，眼中之鶯鶯便別起一番花樣，於是滿心滿意，以爲與鶯鶯更無嫌疑。第二段寫鶯鶯斗然變容，紅娘方知自己的輕忽，平時過於自信精靈，如今反倒馬前失蹄，因此三分羞慚，七分怨憤，不免要叨叨絮絮了。第三段寫無顏見張生，然而鶯鶯又強其往投回簡，不得不重入書院，目睹張生苦央之痴情，不禁大歎苦事難爲。第四段得知回簡竟是「待月西廂」之句，聰慧如紅娘亦不禁捶胸頓足，痛詆鶯鶯之使詐。經過聖歎的靈手靈眼，將紅娘心情之起落，闡發得極爲通透，對人物心思的拿捏，是聖歎批評的重點。

　　至於其它人物，在金氏看來，只不過文字間的之乎也者，作者並不曾著一筆半筆寫，故而他也不多著筆批評，縱使偶下筆墨，亦純爲寫鶯鶯之陪襯。如〈寺警〉篇末批云：

> 世之愚生，每恨恨於夫人之賴婚。夫使夫人不賴婚，即《西廂記》
> 且當止於此矣，今《西廂記》方將自此而起，故知夫人賴婚，乃是
> 千古妙文。

崔母的失信賴婚，固然不通情理，然而正因她的賴婚，方有之後的〈琴心〉、〈賴簡〉、〈酬簡〉等曲曲折折行文，此乃文章之最動人處，故言《西廂記》乃自此而始，而老夫人之賴婚，不啻是千古妙文。

　　對於人物的一言一行，聖歎絲毫不放過，因爲一切外在行爲，都是內心性格的呈現，要捉住人物之性格，必須捕捉言行中隱藏之心思。同時，聖歎要求形象的統一性，文前既明言小姐之尊貴秉禮，文後便不能無故寫其逾禮，爲求性格的統一及前後一貫，聖歎不僅在批點上作說明，並且刪改內容的不合理處，的確付出不少心力。

二、總結創作技法

　　對創作方法和技巧的研究，是我國文學批評著作中一向十分注重的問題，〔註6〕加上明代特別重視八股文法，影響所及，金聖歎在《第六才子書》中，也提出許多有關戲曲創作的具體手法，配合著《西廂記》之文筆，將創作手法分析的淋漓盡致。茲於此處，將聖歎所提出之創作方法說明如下：

〔註 6〕我國的文學批評一向注重創作方法和技巧，就拿最具代表性的《文心雕龍》
　　　　來說，由卷六〈神思〉，至卷九〈總術〉，乃是「文學創作論」，對於創作技巧，
　　　　有甚爲詳細之批評論說。

1、獅子滾毯法

〈讀法十七〉是一段著名之創作方法論，其文云：

> 文章最妙，是先覷定阿堵一處，已卻於阿堵一處之四面，將筆來左盤右旋，右盤左旋，再不放脫，卻不擒住，分明如獅子滾毯相似。本只是一個毯，卻教獅子放出通身解數。一時滿棚人看獅子，眼都看花了，獅子卻是並沒交涉，人眼自射獅子，獅子眼自射毯，蓋滾者是獅子，而獅子之所以如此滾，如彼滾，實都爲毯也。《左傳》、《史記》，便純是此一方法，《西廂記》亦純是此一方法。

所謂的「獅子滾毯」法，便是主張寫作應圍繞一個中心，而又能廣開思路，從其它方面加以烘托和渲染。猶如獅子，一開始便咬住毯不放，也就沒興味可言了。亦即〈讀法十五〉所言，文章最妙，是「目注彼處，手寫此處」，如果「目亦注此處，手亦寫此處，便一覽已盡。」，因爲一覽無遺，便沒有所謂的餘音繞樑，自然也無蘊義可言。

其實，獅子滾毯法即是前章所提「那輾」之具體說明，運用搓那輾開的技巧，將文意詮釋得更周密，使讀者咀嚼出更豐富的意趣。聖歎認爲文章最妙，便是在於欲擒故縱的寫作技巧。〈讀法十六〉即云：

> 文章最妙，是目注此處，卻不便寫，卻去遠遠處發來，迤邐寫到將至時，便且住，卻重去遠遠處更端再發來，再迤邐又寫到將至時，便又且住。如是更端數番，皆去遠遠處發來，迤邐寫到將至時，即便住，更不復寫出目所注處，使人自於文外瞥然親見。《西廂記》純是此一方法，《左傳》、《史記》亦純是此一方法。

雖是目注此處，然而卻不明寫此處，只是從此處之四面慢慢寫來，逐漸烘托出主體，而清晰若現，看似未明言主題，然而主題早就清楚地表達於文外。聖歎認爲不僅《西廂記》用此法，其實《左傳》、《史記》亦是用此法，於是令千古讀來，皆玩味不盡，歎其文外另藏一片天地。留給讀者想像的空間，是文章最耐人尋味，也最能吸引人之處，獅子滾毯法便是捉住了如此心理，使得有限的文字，轉化成無限的意蘊。

聖歎於《西廂記》的〈前候〉一折中，便歸結此一創作方法。前一篇〈琴心〉，紅娘得到鶯鶯之口信，此篇只不過是走覆張生，而張生苦央代遞一書，內容可說是枯窘無味，然而卻仍是洋洋灑灑，文采四溢的佳作，因爲此篇即是運用了獅子滾毯式的那輾法。《西廂·前候前批》便說明情節迤邐曲折之處，

如〈點絳唇〉、〈混江龍〉詳敘前事之發展,是那輾法;〈油葫蘆〉中寫兩人一樣相思,是那輾法;〈村裏迓鼓〉寫紅娘不便敲門而先破窗窺視,是那輾法;〈上馬嬌〉之遲遲不肯傳信,是那輾法;〈勝葫蘆〉中,紅娘怒張生欲以金帛爲酬,是那輾法;〈後庭花〉寫紅娘驚訝張生寫信不用起草,又是那輾法;乃至〈寄生草〉中,紅娘對張生的衷言相勸,都是那輾法。〈前候〉一折,完全在那輾的技巧上,作獅子滾毬的文字舖排,於是整篇讀來,非但不覺枯燥,反而更加描繪出張生的痴情,以及紅娘之義氣,使文章益加生色。

　　聖歎以爲「文章之妙,無過曲折」(〈賴簡〉前批),因爲讀者縱心體味其間曲折處,而產生戲曲之美感。聖歎既然重視戲曲反反復復、曲曲折折的特性,故於〈讀法〉中特別提出獅子滾毬法,堪稱是化腐朽爲神奇之絕技。

2、烘雲托月法

　　對人物之描寫,聖歎提出了「烘雲托月」之創作方法。他於〈驚豔〉前批云:

> 亦嘗觀於烘雲托月之法乎?欲畫月也,月不可畫,因而畫雲。畫雲者,意不在於雲也;意不在於雲者,意固在於月也。

此乃說明人物之間的正襯手法,欲繪月之皎潔,則先畫雲之純淨。是從側面著意描寫,使主體鮮明突出的一種手法。烘雲托月之法早見於古詩詞當中,[註7]有時以景襯景,用景物烘托景物;有時以景映情,借景物烘托人的感情。而金氏於此提出烘托法,卻是以人物烘托人物也。〈驚豔〉一折旨在描寫張生,文中以黃河風濤、長空雪浪、天際秋雲形容張生開闊之胸襟、豪邁之品性;以水上蒼龍喻之爲治世能人,讚譽張生爲萬世之才子,「豈偷香傍玉之人乎哉!」(〈驚豔〉夾批)聖歎於此有更多之說明,前批語云:

> 《西廂》第一折之寫張生也是已。《西廂》之作也,專爲雙文也。然雙文,國艷也。國艷,則非多買胭脂之所得而塗澤也。抑雙文,天人也。天人,則非下土螻蟻工匠之所得而增減雕塑也。將寫雙文,而寫之不得,因置雙文勿寫而先寫張生者,所謂畫家烘雲托月之秘法。

[註7] 烘雲托月法運用於詩詞上之例證,如杜甫〈旅夜書懷〉云:「星垂平野闊,月湧大江流。」即是以星垂來襯托平野之茫無際涯,以月光來烘托大江之浩瀚渺茫。又如南唐後主李煜〈清平樂〉云:「別來春半,觸目愁腸斷。砌下落梅如雪亂,拂了一身還滿。」以落梅如雪,來烘托觸目愁腸的心境,皆是運用烘雲托月之法。

在聖歎看來，《西廂記》只爲寫鶯鶯一人，而鶯鶯既是國艷，是天人，非筆墨可以形容其美，故借張生來襯托，張生的不凡，正可以說明鶯鶯之脫俗。如果張生絲毫夾帶狂且的氣息，必會唐突鶯鶯之完美。文云：「雲病即月病也。」，因爲雲若濃淡不均，稍有缺陷，都會掩去了月色的潔淨明亮；正如張生若非才子，鶯鶯必非佳人。〈驚艷〉一折中用全力寫張生、其實全是寫鶯鶯。聖歎明言此折的作法，使讀者明瞭作者之用意，並能掌握創作上之技巧。

3、移堂就樹法

聖歎於〈寺警〉一折中，提出了文章作法三則，「移堂就樹」法即是其一。對此法之詮釋，〈寺警〉前批云：

> 移堂就樹，則樹固不動而堂已多蔭，此眞天下之至便也。

堂後有樹而有嘉蔭，然而大樹不可能移至前堂，倒不如將新堂移而去後，那麼樹雖然不動而堂已多蔭了，這便是所謂的移就之法。從文章的情節來說，將前面的描寫作爲後面的舖墊，使前面的情節成爲後面情節的伏筆，作爲後面的引子，如此前後才能呼應，緊緊環扣而不脫節。聖歎言及作者善用此法云：

> 作者深悟文章舊有移就之法，因特地於未聞警前，先作無限相關心語，寫得張生已是鶯鶯心頭之一滴血，喉頭之一寸氣，並心、並膽、並身、並命，殆至後文，則只須順手一點，便將前文無限心語，隱隱然都借過來。

鶯鶯對張生之情，於前面酬韻夜時，早已默感於心，而鬧齋日又明睹其人，其實口雖不言而心已所屬。〈寺警〉一折，張生又鼓掌應募，馳書破賊，此時鶯鶯之感情，已繫於張生一人，誠如聖歎所云：

> 其理、其情、其勢，固必當感天謝地，心蕩口說，快然一瀉其胸中沈憂，以見此一照眼之妙人，初非兩廊下之無數無數人所可得而比。
> 然而一則太君在前，不可得語也；二則僧眾實繁，不可得語也；三則賊勢方張，不可得語也。

在寺警之當兒，鶯鶯不能也不可說出自己的情思，然而何能知其所思呢？於是作者運用移堂就樹之法，寺警之前，便先舖排了諸多關心語，於是後文中只輕輕一點，便將前文伏筆全部借來，而使前後相應，雖然不可得語而語實盡矣！

4、月度回廊法

〈寺警〉中尚提出「月度回廊」法,乃在要求情節構思要舒展有度,寫作要閑閑漸寫,不可一口便說。〈寺警〉前批云:

> 其時初昏,月始東升,泠泠清光,則必自廊檐下度廊柱,又下度曲欄,然後漸漸度過間階,然後度至瑣窗,而後照美人。……然而月之必由廊而欄、而階、而窗、而後美人者,乃正是未照美人以前之無限如迤如邐,如隱如躍,別樣妙境。非此即將極嫌此美人,何故突然便在月下,爲了無身分也。

〈寺警〉中寫鶯鶯思念張生,並非一口便說,而是閑閑然先寫殘春,然後閑閑然寫隔花之人,然後閑閑然寫酬韻之事,然後又閑閑然寫「獨與那人兜的便親」,其實這些舖排的文字,只是要道出最後這句話,然而作者以漸度之法,慢慢寫來,如月光先度廊檐、曲欄、間階、瑣窗,最後才照美人,如此才不會顯得突兀。鶯鶯身爲千金貴人,如果一開始便表露對張生之愛慕,不但有違嚴訓,也失了身分,於是閑閑漸寫,不僅增添了含蓄蘊藉之美,並且將鶯鶯畏於禮教,卻又不能忘情張生之情緒,詮釋得更爲貼切。

其實月度回廊法,本就是文章創作的技巧,放眼《西廂記》,多有月度回廊式的內容安排。如張生之見鶯鶯,即是運用閑閑漸寫的訣竅,在作者眼中,鶯鶯乃是天仙化人,乃是國艷,其容貌之絕美豈可一眼便看盡,於是〈驚艷〉中春院之見,乃是瞥見;而〈酬韻〉一折中,牆角之見,乃是遙見;至〈鬧齋〉一折,才是所謂的親見、快見、飽見。〈鬧齋〉夾批云:「直至第三遍見鶯鶯,方得仔細,以反襯前之兩遍全不分明也。或問,必欲寫前之兩遍不得分明者,何也?曰鶯鶯千金貴人也,非十五左右之對門女兒也。若一遍便看得仔細,兩遍便看得仔細,豈復成相國小姐之體統乎哉!」張生的三見鶯鶯,也是如月度回廊,由遠處慢慢寫來,最後才點出眞正的主題,從瞥見、遙見到親見,鶯鶯的形象愈加鮮明,且漸寫的手法,更能襯出其脫俗之美,這都要歸功於高明之技巧,所以聖歎要人善學此法。

5、羯鼓解穢法

金氏於〈寺警〉前批中,提出「羯鼓解穢」之法,並且說明典故,其來由乃是唐玄宗於花萼樓下,命工作樂,正值太常新製琴操成,於是命奏之,然而明皇悒悒不得暢,鬱悶之致。遂教花奴取羯鼓,以解心中之穢氣,羯鼓

淵淵之聲，令欄中群花盡放，而沈悶之氣一掃而盡。〔註8〕聖歎欲人於沈悶煩厭之中，另起振奮之筆。〈寺警〉前批云：

> 此言鶯鶯聞賊之頃，法不得不亦作一篇，然而勢必淹筆漬墨，了無好意。作者既自折盡便宜，讀者亦復乾討氣急也。無可如何，而忽悟文章舊有解穢之法，因而放死筆、捉活筆，斗然從他遞書人身上憑空撰出一荼惠明，以一發洩其半日筆尖嗚嗚咽咽之積悶。

文章發展至此，不能不有所交待，然而若尋線而描述，必陷於沈悶之泥淖而不能自拔，於是必須巧手安排，運用奇筆，要能夠放死筆、捉活筆，以奇警之文筆，使作品頓然生輝。〈寺警〉中鶯鶯聞張飛虎欲搶親，倉促之下定計策，而張生鼓掌應募、馳書破賊，文章至此已無發展性，若一直重覆搶親之事，必徒勞而嫌沈悶，因此文筆一轉，跳脫出惠明和尚，而惠明的莽直豪邁，氣蓋風雲的壯志，使得文章頓顯生氣，而掃盡前面小兒女嗚咽鬱悶的情緒，給人柳暗花明的新氣象。聖歎以為文章切忌沈悶無生氣，要能夠運用「羯鼓解穢」之法，重新塑造奇筆，注入文章一股新生命，從厭煩中轉出生機，方為妙文。

6、龍王掉尾法

〈酬韻〉夾批有云：「上已正寫苦況，則一篇文字已畢，然自嫌筆勢直塌下來，因更掉起此一節，謂之龍王掉尾法。文家最重是此法。」前文所述乃是張生思念鶯鶯，又是「淒涼」、「冷清清」，又是「孤零」，至〈後〉一曲遂云：「也坐不成，睡不能。」可說極盡相思之苦，文字至此已畢。然而作者顧忌文筆易流於無力，於是筆鋒一轉，接著云：「有一日柳遮花映，霧幛雲屏，夜闌人靜，海誓山盟，風流嘉慶，錦片前程，美滿恩情，咱兩個畫堂春自生。」前面的苦況至此一掃陰霾，給人撥雲見日的新感受，原先慘淡的氣氛突然一轉而為無限希望，文筆氣勢一提而起。聖歎將之稱為「龍王掉尾法」，掉起氣勢磅礡的下文。

〔註8〕 「羯鼓解穢」之說，見於唐人南卓《羯鼓錄》一書，文云：「（玄宗）尤愛羯鼓……嘗遇二月初，詰旦巾櫛方畢，時當宿雨初晴，景物明麗，小殿內庭柳杏將吐，睹而歎曰：對此景物，豈得不與他判斷之乎！……獨高力士遣取羯鼓，上旋命之臨軒縱擊一曲，曲名春光好，神思自得，及顧柳杏皆已發坼。」又載云：「上性俊邁，酷不好琴，曾聽彈琴，正弄未及畢，叱琴者曰：待詔出去。謂內官曰：速召花奴，將羯鼓來，為我解穢。」

7、加一倍法

〈前候〉一折〈天下樂〉一曲云:「這叫做才子佳人信有之。紅娘自思,乖性兒,何必有情不遂皆似此。他自恁抹媚,我卻沒三思,一納頭只去憔悴死。」聖歎批云:

> 言才子佳人,一個如彼,一個如此,兩人一般作出許多張致。若我則殊不然,亦不啼,亦不笑,亦不起,亦不眠,一口氣更無回互,直去死卻便休。蓋是深譏張生、鶯鶯之張致,而不覺己之張致乃更甚也。此等筆墨,謂之加一倍法,最是奇觀。

〈前候〉中,紅娘深感張生、鶯鶯為情所苦之癡狂,卻不知自己非為情,只為義而癡狂尤甚於二人。在此先寫崔、張二人之形容憔悴、為情消瘦,後寫紅娘自思事不關己,卻一股腦兒栽進去,更顯得紅娘行事癡迷之態,倍於二人之上,故聖歎歸名為「加一倍」法。

由於受八股之影響,金氏讀《西廂》常批評其文法,一如八股之學者,喜歡分析文章之義法,聖歎所提諸法,乃是要讀者從文法上分析《西廂》,閱讀《西廂》,而不致流於茫然摸索,不知所云。且他所提示之創作方法,配合著《西廂》之內容,更能使讀者心領神會,閱讀之餘,兼而吸收了創作的訣竅,可謂一舉兩得,這也是聖歎特重「法」的用意。

三、分析結構發展

聖歎除了著力於創作技法外,也相當重視文章結構之完整,他以為欣賞文章,便是在於品味其情節之舖排,結構之組合。〈讀法三〉云:

> 一部書有如許纏纏洋洋無數文字,便須看其如許纏纏洋洋是何文字,從何處來,到何處去,如何直行,如何打曲,如何放開,如何捏聚,何處公行,何處偷過,何處慢搖,何處飛渡。

金氏重視文章的「起承轉合」,因為分析章法,才能夠了解發展之過程,情節的曲折跌宕與舒展暢達。在〈後候〉前批中,聖歎對《西廂記》結構的前後照應與波瀾起伏,有細致深入之論析。他將書中十六篇之情節作一分析,〔註9〕堪

〔註9〕金聖歎將《西廂記》前十六篇之標題取二字為名,而十七篇以後則題四字。他認為十七篇以後各折乃是後人所添,不是《西廂記》原文。至於十六篇之標題,依次如下:驚艷、借廂、酬韻、鬧齋、寺警、請宴、賴婚、琴心、前候、鬧簡、賴簡、後候、酬簡、拷艷、哭宴、驚夢。

稱是一本起、承、轉、合搭配完整之佳作。且根據情節發展之必然性,至十六篇已盡,從而譴責後續四篇為妄添之文。在此,試將〈後候〉中之分析逐條列出,使讀者明瞭十六篇之舖設情形,藉以了解《西廂》結構之緊密。

1、生 掃

依聖歎之分析,《西廂記》之情節發展,〈驚艷〉一篇謂之「生」,〈哭宴〉一篇謂之「掃」。對於生、掃之詮釋,聖歎云:

> 生如生葉生花,掃如掃花掃葉。……今夫一切世間太虛空中,本無有事,而忽然有之,如方春本無有葉與花,而忽然有葉與花,曰生。既而一切世間妄想顛倒,有若干事,而忽然還無,如殘春花落,即掃花,窮秋葉落,即掃葉,曰掃。

簡言之,由無忽然而有,如春天花葉綻萌,言之曰生;由萬有而歸為沈寂之無,如花落葉凋,謂之曰掃。換言之,生掃猶似生命的開始與結束。一部《西廂記》,〈驚艷〉以前,無情無愛、無《西廂》,因有〈驚艷〉之瞥見,遂幻生出無限妙文,始有《西廂》之生。而〈哭宴〉之後,情愛化為悲傷,絢爛歸於平淡,《西廂》至此已盡,謂之掃,代表著情節之開展與結束,故而金氏言其為最大章法。

2、此來彼來

〈後候〉前批云:

> 何謂此來?如〈借廂〉一篇是張生來,謂之此來。何謂彼來?如〈酬韻〉一篇是鶯鶯來,謂之彼來。

鶯鶯藏於深閨,本無預料牆外竟有張生借廂而來,有借廂之因緣,於是張生向鶯鶯靠近了一步;而酬韻之夜,牆內之鶯鶯花園案香,為酬韻而來,向張生靠近了一步。若無借廂,則張生不來,西廂之事便不生;若有借廂之事,而鶯鶯不酬韻,則鶯鶯不來,是西廂之事亦不生。必有此兩來,方有曲曲折折之《西廂記》發生。故聖歎云:

> 今既張生慕色而來,鶯鶯又慕才而來,如是謂之兩來。兩來則南海之人已不在南海,北海之人已不在北海也。雖其事殊未然,然而於其中間,已有輕絲暗縈,微息默度,人自不覺,勢已無奈也。

本是兩位不相干的人物,因有此「兩來」,遂將兩個生命體緊緊相繫,其間情感已產生糾結纏綿之變化,因而發展出日後動人之《西廂》,從故事情節觀之,

「兩來」確實佔有不可或缺之地位。

3、三　漸

作者「兩來」之安排，使得張生、鶯鶯之間輕絲暗縈，微息默度。而後「三漸」之鋪設，張生已成為鶯鶯心頭之一塊寶，鶯鶯乃張生心頭之人。至於三漸之意義，〈後候〉前批即云：

〈鬧齋〉第一漸，〈寺警〉第二漸，今此一篇〈後候〉第三漸。第一漸者，鶯鶯始見張生也；第二漸者，鶯鶯始與張生相關也；第三漸者，鶯鶯始許張生定情也。此三漸，又謂之三得。

金氏主張文章要閑閑靜寫，於是將鶯鶯情感之發展細分為三個階段，就是所謂的「三漸」。由於張生之鬧齋，鶯鶯得以初見張生；由於寺警中張生之解圍，而與張生有了婚約，而張生、鶯鶯情愫相通，互為心頭之寶；再者由於〈後候〉一折，張生因賴簡之事，重病將死，終能感動謹守禮教之佳人，與之私定終身。據此，聖歎稱之「三漸」，又謂之「三得」，〈鬧齋〉一篇，「無遮道場，故得微露春妍；暗日營齋，故得親舉玉趾。」此一得也。而〈寺警〉一篇，「變起倉促，故得受保護備至之恩；母有成言，故得援一醮不改之義。」因寺警之事，而於情字之外復加恩義，此二得也。〈後候〉一篇，「細思彼既且將死之，而紅娘又聞之見之，而鶯鶯尚安得不悲之？尚安得復忌之？尚安得再忍之？尚安得不許之？」張生為情折磨殆死，始換得鶯鶯真情相待，與之定情，此三得也。有此結構之三漸，男女主角之情感推向最高潮。

4、二近三縱

所謂二近，〈請宴〉一近，〈前候〉一近。聖歎謂「近」云：

蓋近之為言，幾幾乎如將得之也。幾幾乎如將得之之為言，終於不得也。終於不得，而又為此幾幾乎如將得之之言者，文章起倒變動之法也。

換言之，即是將得之而終於不得。〈請宴〉一篇，因有婚姻之約，是即將與佳人成眷屬，於是張生全作滿心滿願之語，孰料〈賴婚〉之突然變卦，幾乎得之，卻又失之，故稱一近。又〈前候〉一篇，張生苦央紅娘代遞書簡，此時張生已得知鶯鶯愛慕之心，故而胸有成竹，以為勢在必得，好事將成，豈知會是賴簡之難堪，因此〈前候〉又是一近。

與「近」意義相反者為「縱」，有近則有縱，才能發揮結構的曲折離奇。

《西廂》有三縱，〈賴婚〉一縱，〈賴簡〉一縱，〈拷艷〉又是一縱也。金氏云：

> 蓋有近則有縱也，欲縱之，故近之；亦欲近之，故縱之。縱之為言，
> 幾幾乎如將失之也，幾幾乎如將失之之為言，終於不失也。終於不
> 失，而又為此幾幾乎如將失之之言者，文章起倒變動之法。

看似縱之，其實是欲擒故縱。有近有縱，益加凸顯文章之衝突及曲折，有此離離合合，情感愈發真誠，也愈發堅定。〈賴婚〉中老夫人臨時變卦，情緒陷入低潮，絕望到谷底，然而〈琴心〉一折，鶯鶯的表白使劇情豁然開朗，又有一股新希望產生，不僅一掃前面之失意，又得佳人之心聲，不亦樂乎！本以為將失之，卻未嘗失去，此乃《西廂》之一縱。〈賴簡〉中鶯鶯端服儼容，斥責張生之無禮，似乎好夢成空，然而之後竟得酬簡定情，實於意料之外，故又一縱。〈拷艷〉一篇老夫人知情而大怒，才子佳人又陷入愁城，誰知紅娘仗義直言，曉以大義，頓時撥雲見日，終成眷屬，此又一縱也。有近有縱，乃是文章變動之法，增加文章之衝突，才有豐富內容可言。

5、兩不得不然

《西廂記》的結構有兩不得不然，聽琴不得不然，鬧簡不得不然。聽琴者，紅娘不得不然；鬧簡者，鶯鶯不得不然。〈琴心〉一篇，紅娘深知小姐之守禮尊嚴，必不肯透露其情感，故特意安排聽琴，教張生彈之，教小姐聽之，然後詭去而暗中伏伺，待小姐吐露心事後，又突然冒出，如此不僅紅娘可確知小姐之心事，而鶯鶯也無法狡辯，紅娘之舉固然狡獪，但面對千金小姐，乃不得不然。又〈鬧簡〉一篇，紅娘將張生之簡帖置於小姐妝盒兒裏，鶯鶯又是皺了黛眉，低垂粉頸，又突然改變了朱顏，叱責紅娘之放肆，在聖歎看來，此又是一不得不然，文云：

> 鬧簡不然，則是不成其為鶯鶯；不成其為鶯鶯，即不成其為張生。
> 何則？嫌其如碧玉小家，回身便抱，瑯玡不疑，登徒大喜也。

鶯鶯之變臉，乃是要維持大家閨秀的風範，紅娘早已洞徹其心事，而不提簡帖之事，故意擺於妝台上，這般輕浮之舉動，使得鶯鶯三分羞慚，七分怨憤，看見簡帖，不知該喜，還是羞，於是怒罵紅娘有意戲弄，簡直失了婢侍該有的分寸。其實，乃是不得不然也，因為若無鬧簡一事，就無法說明鶯鶯之所以為鶯鶯，而非小家碧玉，若無鬧簡，兩人之暗通聲息，充其量是登徒子好色之舉，又豈能稱之為才子佳人呢？故聽琴不得不然，鬧簡亦不得不然。

6、實寫空寫

聖歎認為〈酬簡〉一篇是實寫；〈驚夢〉一篇是空寫。〈後候〉前批云：

> 實寫者，一部大書，無數文字，七曲八折，千頭萬緒，至此而一齊結穴。……如後文〈酬簡〉之一篇是也。又有空寫一篇，空寫者，一部大書，無數文字，七曲八折，千頭萬緒，至此而一無所用，……如最後〈驚夢〉之一篇是也。

細思《西廂》情節之演變，歷盡千曲萬折，幾番將得之卻失之，將失之卻復得的撲朔迷離，彼此之信念彌堅，更敢面對禮教之考驗，突破束縛，而追求自由愛情。〈酬簡〉一篇，應是兩人突破心結，坦誠相對之時刻，雖運用實寫之手法，描寫家家家中之事，亦不流於鄙穢。而〈驚夢〉一篇，聖歎以為本就是傳達「人生如夢」之理念，他將〈哭宴〉喻為一書之「掃」，〈哭宴〉以後，無有《西廂》，一切歸於太虛空，而最後之〈驚夢〉就在表達太虛空之渺然無盡，一切皆是夢，天地妙文《西廂記》只不過是一場大夢罷了。故〈驚夢〉之手法完全以空寫營造情境，更能傳遞其「邯鄲授枕」之理念。

金聖歎分析《西廂》結構，注意到文章之曲折性，何處高潮，何處衝突，何時吊人胃口，何時又欲擒故縱。同時將劇情起伏與人物心理緊密銜接，對作品細部能深入品評，對內容也作別具隻眼之鑑賞。他最後總云：

> 凡此皆所謂《西廂》之文一十六篇，吾實得而言之者也。謂之十六篇可也，謂之一篇可也，謂之百千萬億文字，總持悉歸於是可也，謂之空無點墨可也。

因為《西廂》結構緊湊，內容雖有十六篇，然其意旨是一致的，而非零散之十六折。這其中之每篇皆可稱是組織綿密的個體，一一都是妙文，貫穿成一部《西廂》，更是完美之組合。誠如聖歎所言，《西廂記》只是一「無」字，從「無」之中，幻化成千千萬萬的「有」，看似空無點墨，其實內蘊百千萬億文字。在他看來，《西廂》曼妙如千面女郎，搖身一變，便化作萬種形象，令人捉摸不定，其實也唯有天地妙文方能有如此神奇之力量，變化無窮。

四、鑑賞曲文賓白

凡《西廂記》用語精奧處，聖歎未曾輕忽，因為他批評之最大特色，便在於細密之筆觸，能察人之所未覺。尤其對曲文之優美，金氏甚為折服，其中對「不做周方」四字之舖排，更歎為異樣神變之筆。〈借廂〉一篇，張生於

上場曲文〈粉蝶兒〉中便唱道：

> 不做周方，埋怨殺你個法聰和尚。

聖歎批云：

> 無序無由，斗然叫此一句，是爲何所指耶？身自通夜無眠，千思萬
> 算，已成熟話。若法聰者，又不曾做姐，向驢胃中度夏，渠安所得
> 知先生心中何事，要人做周方耶！豈非極不成文，極無理可笑語！
> 然卻是異樣神變之筆，便將張生一夜中車輪腸肚，總撮出來。

「不做周方」此四字，將張生一夜輾轉反側，思不成眠的情緒，一股腦兒發揮畢盡。前夜之驚艷，使得張生思欲親近，於是有借廂之奇想，然而天未明，不得入寺問法聰，不禁心亂如麻。又想到法聰是否願意幫忙借廂之事，成或不成，不可預料，又不免心急如焚。終於天明而入寺見法聰，劈頭便云「不做周方」，法聰不明究理，自然摸不著頭緒，斗然驚愕。只此四字，便將張生一夜無眠之焦躁難安，盡訴諸於筆端，莫怪金氏要讚其「用筆在未用筆之前」。聖歎於〈借廂〉前批，言及用筆之妙。文云：

> 吾嘗遍觀古今人之文矣，有用筆而其筆不到者；有用筆而其筆到者；
> 有用筆而其筆之前、筆之後、不用筆處無不到者。……若夫用筆而
> 其筆之前、筆之後、不用筆處無處不到，此人以鴻鈞爲心，造化爲
> 手，陰陽爲筆，萬象爲墨。

他認爲用筆而其筆不到者，這種人寧可不用筆，因爲徒費筆墨，毫無價值，這類書籍橫行世間，不可勝數。而用筆而其筆到者，乃是用筆之人，用一筆，則一筆到，用十百千乃至萬筆，則萬筆皆到，如世傳韓愈、柳宗元、歐陽修、王安石、三蘇之文是也。至於聖歎眞正推崇者，乃是用筆而筆之前、後、無處不到之神筆，能有此神乎其技之工夫者，必是天地自然之化身，雕詞鏤字盡於無形。自古至今，能稱爲天地妙文者，《左傳》、《莊子》、《孟子》、《國策》、《史記》是也。而金氏不意《西廂記》亦得用筆之訣竅，堪與《莊》、《史》媲美，從「不做周方」之妙筆上，我們可見其言不假。

再如〈賴簡〉中，張生逾牆會鶯鶯，金氏對三人之間對白亦有評論。文云：

> （鶯鶯云）紅娘，有賊！
>
> （紅云）小姐，是誰？
>
> 金批：妙妙！賊也，而又問誰哉。

　　（張生云）紅娘，是小生。

　　金批：妙妙！問小姐也，而張生答哉。三句，三人，三心，三樣，
　　　　分明是三幅畫。

僅是短短三句對白，然其中卻蘊含無窮之意趣。紅娘明知是張生，卻假裝不知情，反問小姐是誰。又紅娘本是問小姐，卻是張生回答，三人間之關係生動地勾勒如畫。故聖歎又批云：

　　《西廂》中如此白，眞是並不費筆費墨，一何如花如錦。看他雙文
　　喚紅娘，紅娘喚小姐，張生喚紅娘，三個人各自胸前一片心事，各
　　自口中一樣聲喚，眞是寫來好看煞人也。

因爲能夠揣摩人物之心思，所以三句稀鬆平常的對話，卻暗藏各自之心事，直教人逗趣。從對白中賞析《西廂》，亦是聖歎批評手法之一。從曲文及對白之運用，可以觀察劇中人物細膩之情感，更可展現作者用筆之不凡，著眼於此，便能體會《西廂》文筆之精錬，曲文之雅致，的確高人一等。

　　聖歎之批評形式雖與前人無兩樣，隨意落筆，且內容龐雜，似顯零散。歸納其手法，則是亂中有序，不出前面所言：他著重人物性格之一致，特別留意人物應保持之形象，故常提筆於人物心理之分析，以及情緒上波瀾湧起之深刻描寫。而其文評受八股學風之影響，強調「法」的概念，動輒歸結創作技法，於欣賞中兼得創作之靈感，藉以體驗作者爐火純青之創作技巧。他又從書中緊密之結構入手，鑽研其中起承轉合之舖設，高潮迭起之曲折文筆，藉此說明《西廂》乾淨俐落且扣人心絃之情節發展。再者，從內容詞藻上賞鑒、品味，縱其心於文字之中，評得入微，批得細膩。正因聖歎有相當清晰之批評理念，縱使批語散佈於各章節之間，也不致雜亂無章，不知所云。透過聖歎對批書的「一副手眼」之工夫，遂將《西廂記》最動人處盡現人前，一切淫惡之說不攻自破，難怪此書一出，便無人敢與聖歎爭功。

第三節　聖歎評《西廂》之特色

　　聖歎於《第六才子書西廂記》中，展現其批書之才華，不僅提出許多不同凡響之藝術見解，更能配合著獨到的批評手法，標榜《西廂記》爲才子書，叱責忤奴污蔑之辭。聖歎之推崇《西廂》，在當時確是意義非凡，而其批書之嚴謹，更令人讚賞，茲於此提出其評《西廂》之特色，使後人能明白其與眾不同之處。

一、以人物性格爲批評之重點

　　以分析人物性格作爲評論之中心，是聖歎戲曲批評之顯著特點。朱東潤《中國文學批評家與文學批評·李漁戲劇論綜述》云：

> （聖歎）于《西廂記》，認定鶯鶯之人格爲聰慧矜莊女兒，凡一字一句于此人格之完整發生障礙時，必爲之解釋，甚至刪改而後已。此則聖歎之特殊見地也。

在聖歎之前，戲曲理論批評以品評詞藻、咀嚼音律、考證本事者居多，對劇中之藝術絕少留意。聖歎之可貴，正在於突破局限，把性格分析作爲戲曲批評的中心，建立一種嶄新的批評方法。他把人物性格的塑造，視爲劇作內容之主幹，縱使對曲詞之品評，亦不脫人物形象之塑造。如〈哭宴〉篇中〈滾繡球〉一曲中「馬兒慢慢行，車兒快快隨」，文後金批云：

> 眞正妙文，直從雙文當時又稚小，又憨癡，又苦惱，又聰明，一片微細心地中，的的描畫出來。蓋昨日拷問之後，一夜隔絕不通，今日反借餞別，圖得相守一刻。若又馬兒快快行，車兒慢慢隨，則是中間仍自隔絕，不得多作相守也。即馬兒慢慢行，車兒慢慢隨，或馬兒快快行，車兒快快隨，亦不成其爲相守也。……此眞小兒女又稚小，又苦惱，又聰明，又憨癡，一片的的微細心地，不知作者如何寫出來也。

本是很普通地寫景，在聖歎之分析下，便成了張、崔二人若即若離的心理煎熬，寫來深刻動人。他以爲劇中描繪景物之曲辭，乃是爲人物塑造而設之舖采，並非純粹只是描述景象。他於〈賴簡〉之夾批，讚賞《西廂》寫景「是境中人，是人中境，是境中情」，即是此意。

　　聖歎對曲白藝術之賞析，常著眼於人物性格之表現。〈賴婚〉前批云：

> 彼發言之人，與夫發言之人之心，與夫發言之人之體，與夫發言之人之地，乃實有其不同焉。

每個人性格、情緒不同，所處環境不同，身份地位不同，行事自然有別。同樣一句話，因其心、其體、其地不同，遂有言之而正、而反、而婉、而激、而盡、而半之差異，「觀其發於何人之口，人即分爲何人之言。」曲白之雅致或俚俗，和性格表現息息相關。如〈驚艷〉中〈勝葫蘆〉曲文：「宮樣眉兒新月偃，侵入鬢雲邊。」曲文乃是張生瞥然驚見雙文之模樣。金氏批云：

> 此方是活雙文，非死雙文也。

又於雙文已入，門已閉，張生於牆外直透見牆內之情景，之後又批云：

> 真正活張生，非死張生也。

在他看來，曲文之絕妙，乃在於生動地刻畫出人物形象，彷彿跳脫出活張生與活雙文，以人物性格作為曲白優劣之標準，正是聖歎獨創之見。對全劇內容之探究，仍是著力於性格剖析，如〈鬧簡〉、〈賴簡〉二篇，便致力推敲鶯鶯之心理，透澈而深刻。至於對結構之綿密性，亦撇不開性格之考量，他從性格前後矛盾之觀點，主張第五本為偽續之作，此點留至下章再作討論。總而言之，將人物性格作為戲曲批評之重要尺度，聖歎恐怕是第一人吧！

二、入　情

《文心雕龍·知音篇》云：

> 綴文者情動而辭發，觀文者披文以入情。

綴屬文章之人，情感動於中而文辭發乎外，閱讀文章之人，則透過作品之文辭，深入領會作者之思想情感。作為一個評論者，不能一味地作理性之分析歸納，而是要能深入去體會作者之情感，方可成為卓越之評論者。聖歎批《西廂》，便強調要「自容與其間」（〈賴簡〉前批），因為唯有設身處地體驗劇中人物之情感，才能融入作品之境界，心領神會。《西廂記·讀法七十三》云：

> 《西廂記》不是姓王字實父此一人所造，但自平心斂氣讀之，便是我適來自造。親見其一字一句，都是我心裏恰正欲如此寫，《西廂記》便如此寫。

因為聖歎能夠「入情」，體驗作者造文遣字時之心態，更傾注全力想像人物情感起伏之變化，故能靈犀相通，字句皆是心頭之文字。他從評論者搖身變為劇作者、劇作之人物，除理智的分析之外，更側重情感的體察，故能將人物之心理拿捏得恰如其分，絲絲入微，不熅不火。其評語往往一針見血，切中心理。聖歎曾談及自己閱讀《西廂》之入情，〈酬韻〉之夾批云：

> 記得聖歎幼年初讀《西廂》時，見「他不偢人待怎生」之七字，悄然廢書而臥者三四日。……不知此日聖歎是死是活，是迷是悟，總之悄然一臥至三四日，不茶不飯，不言不語，如石沈海，如火滅盡者，皆此七字勾魂攝魄之氣力也。

可見他傾注全副心思去讀《西廂》，十分陶醉，十分動情。於是他的評論絕不是冷漠地說教，不僅以理服人，還能以情感人。其批語中理性兼有感性，理智地

分析技法、結構、曲文，又感性地剖析性格、心理，批評與欣賞互為發用，理性感性加以結合，使得聖歎超越一般批評之藩籬，成為傑出之批評者。

三、細　密

　　李漁《閒情偶寄・填詞餘論》有云：「聖歎之評《西廂》，其長在密。」細密，乃是金聖歎戲曲評點的另一特色。他認為世間一切所有，無不一一起於極微，每一個極微小的事物，都包藏一個繽紛的世界，都可以作細致之分析，所以他的細密批評，就是在平淡的文句中，咀嚼出無窮的趣味；從平凡的內容上，分析出絕佳的文筆。經過他細密的手眼，《西廂記》的妙文全然現於目前，所有不被察覺的美感，都在他的靈手靈眼下，抉發無遺，令人讀來，不禁要贊歎他如此細膩的心思。譬如〈賴簡〉一折中〈新水令〉一曲的評點，批云：

> 前篇〈粉蝶兒〉是紅娘從外行入閨中來，故先寫簾外之風，次寫窗內
> 之香。此是雙文從內行出閨外來，故先寫深閉之窗，次寫不捲之簾。
> 夫簾之與窗，只爭一層內外，而必不得錯寫者，此非作者筆墨之精緻
> 而已，……蓋作者當提筆臨紙之時，真遂現身於雙文之閨中也。

〈鬧簡〉一折中，紅娘唱道：「風靜簾閑，繞窗紗麝蘭香散」，聖歎以為由外入閨中，故先寫簾外之風，近而聞得窗內之香，而〈新水令〉一曲，唱道：「晚風寒峭透窗紗，控金鉤繡簾不掛」，因為從閨中行出來，故先見未開之窗，然後再見到窗外之垂簾。同樣的窗與簾，因為入內與行出的不同，其繪景的先後自然不同，作者之細膩的確不同凡響，而聖歎之細密觀察，又豈是一般人所能及。又如〈賴簡〉〈沈醉東風〉曲文：「是槐影風搖暮鴉，是玉人帽側烏紗」，於此金批云：

> 槐影烏紗，寫張生來，卻作兩句；只寫兩句，卻有三事。何謂三事？
> 紅娘吃驚，一也；張生膽怯，二也；月色迷離，三也。妙絕妙絕！

他想像力之豐富，於此可見。本是寫張生躲進花園之情景，而聖歎早已融入此情此境，不僅見到了紅娘驚訝的神情，窺視到躲在一旁的張生緊張而膽怯，也發覺到了當時朦朧的月色。短短的兩句話，卻涵蓋了生動逼真的情境，我們在著迷於《西廂》的字字珠璣之餘，更應感激聖歎的細密批評，為我們開展前所未有的想像空間，幫助我們進入《西廂》豐富的美感世界。

　　聖歎獨到的批評眼光及其對《西廂》的推崇，可謂空前。他認為要品味此書之美，心中必須是一片真誠，〈讀法〉六十一條至六十八條中，便指示了

閱讀《西廂》的態度，必須掃地讀之，不得存一點塵於胸中；必須焚香讀之，致其恭敬。又必須對雪讀之，資其潔淨；對花讀之，助其娟麗。必須一氣讀之，總攬其起盡；又要精切讀之，細尋其膚寸。要與美人並坐讀之，驗其纏綿多情，與道人對坐讀之，嘆其解脫無方。因為讀《西廂》必須要在一種超脫的心境下，才能真正讀得美感，否則便與一般多烘仵奴無異，讀如淫書而非至文，也就讀不出其中的美感。

　　以上乃就聖歎的批評手法及特色作一分析，內容雖然繁多，卻有一完整之批評體系，故而不致於茫無頭緒。而在他的論述手法上，也表現出多樣的變化，有時證以禪語，如〈哭宴〉一篇以佛言因緣來說明篇旨；有時又證以經典，如〈酬簡〉以〈國風〉為之辯淫；有時也夾雜吳歌，如〈哭宴〉舉吳歌來敘述鶯鶯哀怨的心情。〔註 10〕聖歎的思路似乎複雜而難以捉摸，正如同他多變的性情。姑且不論後世評價為何，他獨到的手眼、細膩的心思、謹慎的態度，足為日後批評家學習的楷模，而他提出的創作理論，更啟迪後人創作的靈感，稱之為一世難得的批評家，實無過譽。

〔註 10〕〈哭宴〉一折中，於夾批舉吳歌云：「做天切莫要做個四月天，蠶要溫和麥要寒，種小菜個哥哥要落雨，採桑娘子要晴乾。」以此說明鶯鶯意欲「掛住斜暉」的心情。

第四章　金聖歎刪改《西廂》之考證

第一節　刪改《西廂》之事實

　　聖歎在評點《西廂》之同時，也大手筆地進行刪改的工作，在他之前的《西廂記》批評者，如李卓吾、王驥德、湯顯祖等，雖然對《西廂》作批評，然而對內容之刪定，並不顯見，聖歎大規模的刪改，實在是史無前例。至於標目，各批本皆有同異，已失原貌。現存最早最完整的版本，乃推明弘治金臺岳家刻本《新刊奇妙全相註釋西廂記》，分爲五卷，每卷開頭題四字作標目：焚香拜月、冰絃寫恨、詩句傳情、雲雨幽會、天賜團圓。然後來各批評本，則作更詳細的標目，《李卓吾先生批點西廂記眞本》，〔註1〕將內容分二十齣，〔註2〕每齣取四字標目，題爲「佛殿奇逢」、「僧房假寓」、「墻角聯吟」、「齋壇鬧會」、「白馬解圍」、「紅娘請宴」、「夫人停婚」、「鶯鶯聽琴」、「錦字傳情」、「粧台窺簡」、「乘夜踰墻」、「倩紅問病」、「月下佳期」、「堂前強辯」、「長亭送別」、「草橋驚夢」、「泥金捷報」、「尺素緘愁」、「詭謀求配」、「衣錦還鄉」共二十齣，顯然比弘治刻本來得更周密，而後所見各批本亦皆以每齣、每折作標目，和原貌不盡相同。如明刊朱墨藍三色套印《西廂會眞傳》，〔註3〕也是每齣爲目，共二十齣，爲「佛殿奇逢」、「僧寮假館」、「花陰唱和」、「清醮目成」、「白馬解圍」、「東閣邀賓」、

〔註1〕　《李卓吾先生批點西廂記眞本》，明李贄（西元 1527～1602 年）批點，國立中央圖書館收藏，明崇禎十三年刊本。

〔註2〕　「齣」，傳奇劇本結構上的一個段落，同雜劇的「折」相近。參見《中國戲曲曲藝詞典》，上海辭書出版社，1981 年 9 月。

〔註3〕　《西廂記會眞傳》，明湯顯祖（西元 1550～1616）批評，沈璟（西元 1553～1610）批訂，國立中央圖書館收藏。

「杯酒違盟」、「琴心挑引」，之後各齣目與李卓吾批本同。又王驥德校注《新校注古本西廂記》，〔註4〕標目皆刪作兩字，分五折二十套，套目爲「遇豔」、「投禪」、「賡句」、「附齋」、「解圍」、「邀謝」、「負盟」、「寫怨」、「傳書」、「省簡」、「踰垣」、「訂約」、「就歡」、「說合」、「傷離」、「入夢」、「報第」、「酬緘」、「拒婚」、「完配」。由此看來，金聖歎並非改易《西廂》的第一人，他在標目上的改易，是前有所承的，他對二十折之舖排分爲五卷，第一之四章爲「驚豔」、「借廂」、「酬韻」、「鬧齋」；第二之四章爲「寺警」、「請宴」、「賴婚」、「琴心」；第三之四章爲「前候」、「鬧簡」、「賴簡」、「後候」；第四之四章爲「酬簡」、「拷豔」、「哭宴」、「驚夢」；續之四章爲「泥金捷報」、「錦字緘愁」、「鄭恒求配」、「衣錦榮歸」。〔註5〕其所批《西廂》之形式，仍是受到前人之影響，眞正可稱爲創見者，乃是在於文詞上之潤飾及結構上之改易，而此正是本章詳述的重點。

除了標目上之迥異外，對於每本〔註6〕的題目正名亦不盡相同。明弘治刻本僅於卷三及卷四之末，標明此二本之題目正名，而其它各卷或者不標題目正名；或者體例不一致。〔註7〕而金批本則於每本之前先標題目正名，點出每本之旨意，皆以六言成詩，形式統一。更於題目正名之外，另有題目總名：「張君瑞巧做東床婿，法本師住持南禪地。老夫人開宴北堂春，崔鶯鶯待月西廂記。」作爲全書之大標題，〔註8〕以「東」、「南」、「北」字來呼應此「西」字。將聖歎所批之《西廂》與弘治岳家刻本之原文相較之下，金氏刪改《西廂》之情形，可謂觸目皆是，大至章節結構，小至曲文賓白，無不見斧鑿之痕跡。

〔註4〕《新校注古本西廂記》，明王驥德（？～1623）校注，卷首有明萬曆甲寅年王驥德序。明香雪居刊清初印本，國立中央圖書館藏。

〔註5〕《貫華堂第六才子書西廂記》以及清書坊金谷園刊本《第六才子書》、及清鄒聖脈編註《樓外樓訂正妥註第六才子書》皆于續之四章，以四字作標目，而光緒己丑年上海鴻寶齋石刻《增像第六才子書》卻作「捷報」、「猜寄」、「爭豔」、「榮歸」，不詳其由，姑依前面三種版本之記載。

〔註6〕北曲每本只有四折，有情事過長而四折不能竟時，可別爲一本。《西廂記》便是分五本，每本各四折。

〔註7〕明弘治刻本各本之題目正名，第三本爲「老夫人命醫士，崔鶯鶯寄情詩，小紅娘問湯藥，張君瑞害相思。」第四本爲「小紅娘成好事，老夫人問由情，短長亭斟別酒，草橋店夢鶯鶯。」而第一本及第二本皆不著題目正名，第五本末尾有題目云：「幾謝將軍成始終，多承老母主家翁，夫榮妻貴今朝足，願得駕幃百歲同。」然而和前面二本之六言詩不同。

〔註8〕於本每前標目正名四句，以及總名四句，早在王驥德《校注古本西廂記》即可見到此形式，只是用語稍異罷了。

在組織結構上，他大膽地否定第五本的地位與價值；在情節上，他刪去鶯鶯與張生眉目傳情，有失身份之舉止；在曲文上，他刪改了冗長之襯字，修飾詞句，使其暢雅；在賓白上，他配合人物之身份，語出自然。在增刪改易之際，聖歎絕非隨興爲之，對於其用意，實在不應等閒視之，唯有洞悉其刪改之用意，方能明瞭金聖歎評改《西廂》之價值所在。

第二節　刪改《西廂》之原則

與最早之弘治刻本對照之下，聖歎所批之《西廂記》，幾乎已到句句皆異的地步，其中除了將元代俚語改得更口語化，易於閱讀之外，其它諸多刪改之處，亦皆有其原則。在此，姑且將之收羅整理，歸納出改易之準則，藉以了解聖歎心目中完美《西廂記》之形象，也可得知他刪改時所持態度之謹愼。以下便總結出四點原則，詳細分析其刪改之用心。

一、維護人物形象而刪改

聖歎相當重視人物性格的統一，絕不能有前後矛盾之處，在他看來，鶯鶯是一位謹言守禮的相國小姐，而張生也是彬彬有禮的書香子弟，紅娘則是聰慧而重義氣的奇女子，文章的內容若是違反了人物性格，他必定爲之解釋，若扭曲了人物的性格，他便刪動原有之內容，使符合該具備之形象。例如〈驚豔〉一折，張生初次窺見鶯鶯，據明弘治刻本卷一第一折所載，鶯鶯亦眼見張生，且有「且回顧覷生」之舉動，然而聖歎認爲鶯鶯知書達禮，豈可有如此輕佻之行爲，且「男先乎女，固亦世之恒禮」（聖歎批語），於是刪去回顧之科白，改爲不曾眼見張生，此乃考慮到形象的一致性，既是千金閨女，豈可因一男子，而妄有不雅之舉，於是動筆刪改，使鶯鶯有更完美之形象。

聖歎眼中之鶯鶯是天仙化人，是完美無缺的，任何有損其德性之言詞、舉止，都在聖歎的保護政策下，作合宜之刪改。〈驚豔〉中他刪去了回顧覷張生的舉動，同樣情形，他在〈酬韻〉一折，亦刪去了回顧之舉，明弘治本卷一第三折，張生、鶯鶯和詩，並有「且做見科」、「且回顧下」之科汎，對此，聖歎又不惜違反《西廂》原內容，略去回顧之動作，將其情愫隱藏得更深，不僅顧到小姐的身份，更能說明其不易動心。有時甚至刪掉了曲文及賓白，以保全形象，如〈鬧齋〉一折中，便刪去了〈錦上花〉及、〈後〉之曲文和前

後賓白，因此文詞大膽地吐露鶯鶯之心聲，毫不掩飾，亦不忌諱，內容失之含蓄，形同一位春心蕩漾之女子，絲毫沒有佳人國豔之端莊，故聖歎一筆刪除，實在別具苦心。又原本《西廂》於寺警時，乃由鶯鶯主動提出以身相許之計策，聖歎將之改為老夫人提議，並非鶯鶯自我安排之巧計，其用意無非是在維護其小姐之身份。

對於張生和紅娘之言行，聖歎同樣重視。張生固然痴情，但必能守禮，必定要保持其才子之形象，一些不雅之言詞，聖歎仔細為之修飾。如明弘治本卷一第二折中，張生念念不忘鶯鶯之容貌，欲借僧房，有云「倘遇小姐出來呵，飽看一會。」之賓白，聖歎批本並無此語，想張生乃讀聖賢書之秀士，本應守禮端行為是，豈能為一女子，而全然喪失禮儀，形同登徒子，這本非《西廂記》之初意，更非聖歎願見，於是將貪看女色之詞句刪去，保有其書香子弟之形象。又如弘治刻本卷一第二折，張生與長老、紅娘同至佛殿，於〈朝天子〉一曲之後，張生云：「我與你看著門兒，你入去。」於是長老怒云：「先生此非先王之言行，豈不為得罪於聖人之門乎？」《西廂記》中的張生，常常過於熱切急躁，言辭上不免流於輕佻，肆無忌憚，聖歎也因此動輒修改，將張生吊兒瑯璫的浮華氣息予以收斂，方不致受長老之斥責。在保護鶯鶯的心態下，聖歎不得不保護張生，因為張生的絲毫敗行，都會玷染了鶯鶯的美德，因此不得不謹慎。

對於紅娘，聖歎將她立於超然之態度，沒有私心，只因張生和鶯鶯深情所感而仗義幫忙，弘治刻本卷三第一折〈勝葫蘆〉一曲中，紅娘便唱道：「你個饞窮酸徠沒意見，賣弄你有家私，莫不圖謀你的東西來到此，先生的錢物，與紅娘做賞賜，非是我愛你的金資。」聖歎亦稱許紅娘的重情義。所以《西廂記》中若是與此相矛盾者，他也詳加刪改。如弘治刻本卷一第三折（即〈酬韻〉），鶯鶯月下燒香，第三炷香默然不語，紅娘替之禱告：「願俺姐姐早尋個姐夫，拖帶紅娘咱。」聖歎將此批改為「願配得姐夫冠世才學、狀元及第、風流人物、溫柔性格，與小姐百年成對波！」省去了「拖帶紅娘」之語句，如此更能顯出紅娘不偏私之義氣。聖歎著重前後文義的一致，在〈借廂〉一折中，張生初次見紅娘，於〈脫布衫〉一曲中唱云：「大人家舉止端詳，全沒那半點兒輕狂。」如此看來，紅娘雖是婢妾，仍不失官宦人家之規矩。但在弘治本卷三第三折〈賴簡〉中，紅娘卻云：「那鳥來了」，又罵張生「禽獸」，和前面所言「舉止端詳」，大有出入，於是聖歎刪去這些不雅之文詞，還紅娘

一個端莊明理的形象。

　　《西廂記》的結構雖然很緊密，但是仍不免有些疏忽之處，對於人物的言行，有時亦無法顧及周全，而聖歎細膩的心思，對這方面特別謹愼，於是根據他心目中人物的形象，刪去矛盾的言行，使人物個性更爲鮮明突出，此乃聖歎批本優於原本《西廂》之處。

二、情理不通而刪改

　　《西廂記》一書中，情理最難自圓其說之事，莫過於停柩於西廂。普救寺內多是和尙，老夫人、鶯鶯、紅娘等女眷寄寓於此，實在是諸多不便，而弘治刻本中之記載：「就這西廂下，一座宅子安下。」又云：「紅娘，佛殿上沒人燒香呵，和姐姐閑散心耍一遭去。」（卷一第一本）然而崔相國官位崇高，縱使不幸病薨，其遺孤尙不致於拋頭露面於佛寺之中，而千金閨女竟於佛殿遊玩，於常理實在說不通。聖歎千思萬量，終於批評《西廂記》之前，先爲《西廂》重新下定義，使之得以有合理的舖排。其云：

> 西廂者，普救寺之西偏屋也。……普救寺有西廂，而是西廂之西又有別院，別院不隸普救而附於普救，蓋是崔相國出其堂俸之所建也。

聖歎認爲停喪之所乃是於西廂之西別院中，並非在普救寺內。又云：

> 聖歎詳睹作者，實於西廂之西，別有別院。此院必附於寺中者，爲挽弓逗緣；而此院不混於寺中者，爲雙文遠嫌也。

爲了使情節合乎情理，他把西廂和普救寺隔開，於是〈驚豔〉一折，老夫人上場所言自然和原本不同，而改爲：「上有這寺西邊一座另造宅子，足可安下。」遊佛殿之文亦改爲「紅娘，你看前邊庭院無人，和小姐閒散心，立一回去。」目的是爲求通達情理。大陸學者蔣星煜也曾考證西廂之所在，〔註9〕他從「待月西廂下」此處著眼，張生必須跳牆方能和鶯鶯會於西廂下，據此推得西廂必不在佛寺之內，和聖歎之說相近，於情於理，金氏的論點的確較能服人。

　　又如〈借廂〉一折，張生問紅娘，小姐是否常出來，惹得紅娘一頓訓話，而原文有云：「孟子曰：男女授受不親，禮也。君知瓜田不納履，李下不整冠。」之訓詞，聖歎將此文刪去，在他認爲紅娘應是不識詩書之婢妾，縱使她是如何聰慧、如何明理，亦不會引經據典，說出如此甚富學識之大道理，因而刪

〔註9〕蔣星煜曾於《中華戲曲》1988年第一期中，發表〈西廂記之西廂考〉一文，考證西廂之所在。

除，使合於情理。紅娘本不識字，小姐回張生之書信，必須由張生讀與她聽，方知書之內容，而續之三〈鄭恆求配〉中，紅娘竟會拆白道字，於〈調笑令〉一曲云：「君瑞是肖字這壁著個立人，你是寸木、馬盧、尸巾。」紅娘於此讚張生爲「俏」，而譏鄭恆爲「村驢吊」，她本不識字，又如何會拆字呢？莫怪乎聖歎要罵續之四章醜極，亦是從情理上著眼的。

三、情節累贅而刪改

依聖歎之見，原本《西廂記》部份賓白稍嫌累贅，語句重覆，且對情節進展毫無幫助，倒不如適時修改，使情節緊湊而不拖泥帶水。例如〈借廂〉一折，明弘治本於長老上場後，便長篇地敘述普救寺的修造以及老夫人將著家眷，停柩於此之事由等等，然而這些情事早在〈驚豔〉一折之開場白便已交待清楚，實無必要浪費篇幅，再三說解，於是刪除此段，以免內容重複。同樣之情形，〈寺警〉一折，杜確將軍一上場，又是浩浩蕩蕩的一段上場白，其中一段：「孫子曰：凡用兵之法，將受命於君，合軍聚眾，……爲不知地利，淺深出沒之故也。」此乃言及用兵之法，聖歎將之刪去。杜將軍之出現，固然在紓解寺警之危機，但是並非主要人物，誠如聖歎所言，只不過是寫三位主角時所忽然應用之傢伙罷了，不必過於渲染，只要能夠點出其身份即可，不需提及戰略之法，以免流於繁瑣。而且之後杜將軍收伏孫飛虎之情節，金氏亦適時地縮減，免得篇幅過長，妨礙了情節的發展。例如惠明遞書與白馬將軍，最後有〈賞花時〉及〈後〉二曲文，請將軍鎮壓邊廷，息干戈，聖歎省去了這些繁文縟節，並且將解救寺警之過程修改的乾淨俐落，刪去枝節龐蕪橫生的內容，襯托出主情節的架構，的確比原本來得更吸引人。

無關緊要的情節，只會阻礙故事的流暢性，使得內容索然無味，於是適時地修飾，雖是有違作品原來之舖排，卻也能別出心裁，增加意趣。如〈後候〉一折，張生病篤，老夫人請太醫爲之治病，明弘治刻本便有太醫上場之科白，聖歎又將太醫出現的情節刪除，只是一筆帶過而已。太醫的安排，旨在襯托鶯鶯的書簡比任何藥引子都來得有效，其實從張生口中便可明瞭：「我這顆證候，非是太醫所治的，則除是那小姐，美甘甘、香噴噴、涼滲滲、嬌滴滴，一點唾津兒嚥下去，這吊病便好。」說得雖然誇張，卻也道出太醫無法治得這相思病，因此不必出一太醫，而文意足矣，聖歎用心深厚，自然會看出此點，於是略去太醫的出現，刪去累贅之舖排。

　　由於他削去橫生的枝節，累贅的言詞，使得文章較為綿密緊湊，沒有拖拖拉拉的步調，每個人物的出現都代表一個情節的起伏，每句道白都是最精簡且符合身份形象，經由聖歎細心地重新舖排，《西廂記》顯得更精緻且結構愈加緊密。

四、求文詞生動優美而刪改

　　聖歎的刪改《西廂》，細至一字一句，無不用心斟酌，甚至連曲文都經過改易。尤其是原曲文的襯字，亦時加以刪除，如〈驚豔〉一折，〈元和令〉一曲，弘治刻本載云：

> 顛不剌的見了萬千，似這般可喜娘臉兒罕曾見，則著人眼花撩亂口
> 難言，魂靈兒飛在半天，他那里儘人調戲，軃著香肩，只將花笑撚。

而金批本則改為：

> 顛不剌的見了萬千，這般可喜娘罕曾見，我眼花撩亂口難言，魂靈
> 兒飛去半天，儘人調戲，軃著香肩，只將花笑拈。

很明顯的，他將元曲極具特色的襯字大半都刪掉。又〈酬韻〉一折，〈拙魯速〉一曲，明弘治刻本云：

> 對著盞碧熒熒短檠燈，倚著扇冷清清的舊幃屏；燈兒又不明，夢兒
> 又不成，窗兒外淅零零的風兒透疏櫺，忒楞楞紙條兒鳴；枕頭兒上
> 孤另，被窩兒里寂靜，你便是鐵石人，鐵石人也動情。

金批本改為：

> 碧熒熒是短檠燈，冷清清是舊幃屏；燈兒是不明，夢兒是不成，淅
> 泠泠是風透疏櫺，忒楞楞是紙條兒鳴；枕頭是孤另，被窩是寂靜，
> 便是鐵石人，不動情。

聖歎將活潑的襯字改掉，或許是基於襯字和正字的混淆不清，有時襯字過長，反而滯塞了正字前後文詞的流暢，於是將襯字縮減，提升正字的地位。至於曲文之正字，亦為之潤飾，使之更為優美。如〈賴婚〉一折〈殿前歡〉曲文有云：「恰纔箇笑呵呵，都做了江州司馬淚痕多。」聖歎改為：「你道他笑呵呵，這是肚腸閣落淚珠多。」便將曲文改了，而於此後批云：「本作江州司馬淚痕多，我意元、白同時，恐未可用，故特改之。」他以為原曲文用得不夠恰當，於是修改成新曲文，使文詞愈形出色。

　　比起曲文之修飾，金氏對賓白的改易，更要來得高明。如〈借廂〉一折

〈粉蝶兒〉曲文，張生唱：「不做周方，埋怨殺你箇法聰和尚！」聖歎於此曲文之後，增添了法聰的對話，接連著三句「小僧不解先生話」，把法聰一頭霧水，楞頭楞腦，被罵得莫名其妙的傻樣子，刻劃得生動逗趣，鮮明活現。又如〈酬簡〉一折，紅娘催鶯鶯至張生處，原弘治刻本云：

> （紅催旦云）去來！去來！老夫人睡了也。（旦走科）（紅嘆云）俺姐姐語言雖是強，腳步兒早先行。

金批本改為：

> （紅娘催云）去來！去來！（鶯鶯不語科）
>
> （紅娘催云）小姐，沒奈何，去來！去來！（鶯鶯不語，做意科）
>
> （紅娘催云）小姐，我們去來！去來！（鶯鶯不語，行又住科）
>
> （紅娘催云）小姐，又立住怎麼？去來！去來！（鶯鶯不語，行科）
>
> （紅娘云）我小姐言語雖是強，腳步兒早已行也。

原本《西廂》，對此處鶯鶯之心理描寫很輕淡，只是匆匆交待，而聖歎卻特別留意此處的心理衝擊，經過他細膩的刻畫，把鶯鶯嬌羞且熱切的心情表達的絲絲入扣，彷彿清楚地看見催促拖拉的情景，比起原本，更來得栩栩如生而且傳神。

金批本《西廂》內容生動之例，不勝枚舉，尤其是〈驚夢〉一折，張生入夢之描寫，他將此情節重新舖排，把似幻似真的夢境，安排得更迷離，使人分不清是草橋一夢，還是人生大夢。他從張生的反側難眠著手，增添了許多科白，來混淆真實與夢境之分，「張生睡科」、「反覆睡不著科」、「又睡科」、「入夢科」、「忽醒科」、「睡不著反覆科」、「睡著科」、「重入夢科」、「張生醒科」，如此又睡又醒，似夢似真的情境，更傳達出入夢的離奇，達到引人入勝的效果。

以上乃是分析歸納金氏刪改《西廂》的異文，所得之四點原則，由於聖歎重視人物性格的一貫，所有舉止言行皆要合乎其形象，凡是不合者，往往會刪改或辯駁，此其刪改原則之一；又如情理上說不通之處，亦動筆修改，將西廂移出佛寺，便是在此原則下進行的；再者如情節繁瑣，索然無味的地方，也逃不出他犀利的眼睛，加以刪改；最後則是為求內容的生動及詞藻的優美，或有意無意流露其文采，將曲文及賓白修改成心目中完美之文句。在他大刀闊斧之下，聖歎的《西廂記》已和原來的《西廂記》大有出入，誠如他自己所言：「聖歎批《西廂記》是聖歎文字，不是《西廂記》文字。」我們應當將金批本《西廂》視同另一本書，脫離《西廂記》的陰影，重新欣賞其

中的藝術，才是讀金批本《西廂》的正確態度，也才能讀出其中的蘊味。

第三節　聖歎否定第五本之考證

聖歎批本《西廂》，對於標目之安排，第五本便與前面四本不同，前四本十六篇皆以二字為名，而第五本四篇卻以四字標名，同時亦定篇「續之一」、「續之二」、「續之三」、「續之四」，可知他並不認同第五本是王實甫所作，而是後人所續。續之一〈泥金報捷〉前批云：

> 此《續西廂記》四篇，不知出何人之手。聖歎本不欲更錄，特恐海邊逐臭之夫，不忘羶蒻，猶混弦管，因與明白指出之，且使天下後世學者睹之，而益悟前十六篇之為天仙化人，永非螺蜥蚌蛤之所得而暫近也者。

對於續之四篇，他本想一筆刪除，然而又恐後人不明續篇之為醜筆，於是仍是錄之，與前十六篇相較，更能領悟前十六篇乃為天地妙文，續四篇實在望塵莫及。他又云：

> 我不知其未落筆前，如何忽然發想，欲續此四篇；我又不知其既脫稿後，如何放膽便敢舉以示人；我又不知當時為有人喪心病狂，大讚譽之，因而遂誤之；我又不知當時為有人亦曾微諷，使藏過之，彼決不聽，因而遂終出之。此四不知，我今日將向何人問耶？

在他看來，續之四篇比起前十六篇，簡直是東施效顰，向龍王比寶，相形見絀。他大罵讚賞者為喪心病狂，實則因為第五本真是弊病百出，破壞了《西廂記》妙絕之文筆，所以他認為不是王實甫之手筆，《西廂記》應止於〈驚夢〉一折才是。聖歎否定第五本之價值，且認定《西廂》結於〈驚夢〉，早在他之前，便有人對第五本之作者提出質疑，然而對第五本大加詆斥者，他是第一人。在此，茲將聖歎否定第五本之主張，詳加探討，並且對第五本存在與否作一考證。

一、否定第五本之論點

金氏否定第五本之價值與地位，並非空說無憑，他自有其一番說辭，一則是從「人生如夢」的觀點，來說明止於〈驚夢〉之理由；一則從篇章本身出發，抓出第五本之重大敗筆，驗證其乃後人所續。茲將金氏論點分述如下：

1、基於「人生如夢」的理念

聖歎斷定後四篇乃後人偽續，《西廂》應止於〈驚夢〉，這和他主張《水滸》應止於第七十回〈梁山泊英雄驚惡夢〉一樣，皆以驚夢為終。〔註 10〕這並非巧合，因為此番理論，和他「人生如夢」的理念有極大之關連。他於《水滸傳》第十三回前批云：

> 大地夢國，古今夢影，榮辱夢事，眾生夢魂。

他認為人生在世，所有的哭笑、讚罵、成敗等，無一不是夢，一切名利富貴，終歸於塵土。

《西廂記・驚夢》前批亦云：

> 今夫天地，夢境也；眾生，夢魂也。無始以來，我不知其何年齊入
> 夢也；無終以後，我不知其何年同出夢也。

人生本是夢，《西廂記》亦然，孰知張生於何時入夢？在聖歎看來，《西廂記》完全是一場南柯夢，他將張生夢覺後所言：「原來卻是夢裏」改成「原來是一場大夢」，又於其後批云：

> 何處得有《西廂》一十五章，所謂驚豔、借廂、酬韻、鬧齋、寺警、
> 請宴、賴婚、聽琴、前候、鬧簡、後候、酬簡、拷豔、哭宴等事哉！
> 自歸於佛，當願眾生體解大道，發無上心；自歸於法，當願眾生深
> 入經藏，智慧如海；自歸於僧，當願眾生統理大眾，一切無礙。

《西廂記》所有曲曲折折，刻骨銘心的感人愛情，終究只是張生的一場人生大夢，一切都是空，聖歎勸人莫眷戀生命中渾噩的夢，願能歸於佛法，求得一切無礙之真智慧。而止於驚夢之用意，亦即在此。〈驚夢〉前批云：

> 夜夢哭泣，旦得飲食；夜夢飲食，旦得哭泣。我則安知其非夜得哭
> 泣，故旦夢飲食，夜得飲食，故旦夢哭泣耶？何必夜之是夢，而旦
> 之獨非夢耶？

世人只知夜晚所夢者為夢，又豈知白天的清醒明白，則又是另一場夢，是真是夢，恐怕鮮有人能看透。因此聖歎以為張生並非草橋入夢，他於〈驚夢〉夾批云：

〔註10〕聖歎於《貫華堂第五才子書水滸傳》第七十回〈忠義堂石碣受天文，梁山泊英雄驚惡夢〉前批云：「一部書七十回，可謂大鋪排，此一回可謂大結束。讀之正如千里群龍，一齊入海，更無絲毫未了之憾。笑殺羅貫中橫添狗尾，徒見其醜也。」

> 入夢是狀元坊，出夢是草橋店。世間生盲之人，乃謂進草橋店後方
> 是夢事，一何可嘆！

整部《西廂》原就是一場夢，直至草橋店方了悟一切皆是空幻。聖歎此論點，
實前所未有，他將驚夢詮釋得撲朔迷離，無非出自他內心的人生觀點。至於
何以世人渾然不能參透這層道理，而苦苦執著。前批中又云：

> 傳曰：「至人無夢。」「至人無夢」者，非無夢也，同在夢中而隨夢
> 自然，我於其事蕭然焉耳。……傳曰：「愚人無夢。」「愚人無夢」
> 者，非無夢也，實在夢中而不以為夢，所有幻化皆據為實。

至德之人沒有妄念，隨夢自然，與世物化逍遙。《莊子‧大宗師》有云：「古
之真人，其寢不夢。」，因為能夠物我一齊，是非兩忘，隨遇而安，不爭名利，
故而人生如夢，自然無夢與真實的區別。而愚人無夢，乃是不知有夢，所有
幻化的夢，皆當成事實。聖歎舉《列子‧周穆王》中之例子，鄭人夢得鹿，
遂置之於隍中，蕉而覆之。若能領悟到得鹿是夢，則不必畏人會取之，而
蕉覆其上。因為愚騃之人，不能看透所有的夢幻，皆把它當作真實的生活，
既然一切皆是實，自然也就無夢可言。他又引《莊子‧齊物論》之文云：

> 昔者莊周夢為蝴蝶，栩栩然蝴蝶也。自喻適志與，不知周也。俄然
> 覺，則蘧蘧然周也。不知周之夢為蝴蝶與？蝴蝶之夢為周與？周與
> 蝴蝶，則必有分矣。

聖歎以為莊周夢為蝴蝶，誠夢也；而莊周憶其夢為蝴蝶，是又夢也。如果莊
周不憶蝴蝶，則莊周覺矣；如果莊周並不自憶莊周，則莊周更能大覺悟了。
然而莊周不解今身也是夢，於是莊周仍是莊周，蝴蝶仍是蝴蝶，兩者必有所
區分。如果莊周能澈悟人生如夢，那麼莊周夢蝶，亦只是大夢中的小夢，無
需在意莊周為何？蝴蝶又是為何？皆是夢罷了。

聖歎對入夢之詮解，可謂費盡心思，他以大夢如初的結尾來收束《西廂》，
並且不厭其煩地引經據典，支持他的理論，〈驚夢〉前批又引《詩經》之文云：

> 《詩》曰：「下莞上簟，乃安斯寢，乃寢乃興，乃占我夢。吉夢維何，
> 維熊維羆，維虺維蛇，泰人占之；維熊維羆，男子之祥；維虺維蛇，
> 女子之祥。」嗟乎！嗟乎！夫男為君王，女為后妃，而其最初，不
> 過夢中飄然忽然一熊一蛇。然則人生世上，真乃不用邯鄲授枕，大
> 槐葉落，而後乃今，歇擔吃飯，洗腳上床也已。

此引《詩‧小雅‧斯干》之詩，本意夢熊羆，乃生男之兆；夢虺蛇，乃生女

之兆。而聖歎則認爲夢即是眞，貴爲君王后妃，其最初也不過是夢中的熊蛇罷了。人生不需要藉呂翁授枕，才有邯鄲一夢；才不需醉坐槐下，方得南柯一夢。因爲人生世上本就是一場虛幻之夢，生死榮辱只是夢事，又何須留戀牽掛，苦苦追求？倒不如逍遙悠閒，淡泊人生。聖歎的人生觀，影響了他一生的行事，遊戲一生，不執著，灑脫的個性，特立獨行的作風，每每令世人咋舌，或因其早已看透浮生若夢這層道理吧！除了引《詩經》之外，他又引《周禮》文云：

> 吾聞《周禮》：歲終，掌夢之官，獻夢於王。夫夢可以掌，又可以獻，
> 此豈非《西廂》第十六章立言之志也哉！

《周禮》卷二十五有占夢之官，「掌其歲時，觀天地之會，辨陰陽之氣，以日月星辰占六夢之吉凶。」獻吉夢於王，只是一種儀式、象徵而已。然而在聖歎看來，夢可以掌，又可以獻，無非是看透天地爲夢境，眾生爲夢魂。不能看透者，往往爲夢所掌握，爲夢幻之奴隸而不自覺，了悟此理者，便能掌夢，身於夢中而隨夢自然，不作無謂的追求，不爲夢所左右。他以爲《西廂記》第十六章〈驚夢〉便是要傳達這理念，本是張生思念鶯鶯太甚而入夢，被聖歎改成一場大夢，自狀元坊開始便入夢，而出夢是草橋店，夢醒即是了悟人生終歸於夢。既已了悟，又何來後面四篇的突兀情節呢？於是否定第五本的地位，以〈驚夢〉的大夢乍醒來結束《西廂記》曲折的愛情故事。

2、從內容上辨別

金氏不僅從《西廂記》的創作意義上來否定第五本，更從《西廂記》結構，以及第五本之文字內容上著眼，說明第五本實不及前四本的絕妙，故而推論是出自他人之手筆，而非王實甫之原作。

從結構上而言，聖歎認爲〈驚夢〉便是最完整之結局。他於十六章末句：「別恨離愁，滿肺腑難陶寫，除紙筆代喉舌，千種相思對誰說。」之後批云：

> 此自言作《西廂記》之故也，爲一部十六章之結，不止結〈驚夢〉
> 一章也。於是《西廂記》已畢。

又云：

> 何用續？何可續？何能續？

因爲千種相思無法對人傾訴，於是借助紙筆而寫成《西廂記》，〈驚夢〉的結語已經說明了作《西廂》之因，整部《西廂》到此結束，之後的添加情節，實在是狗尾續貂，反而破壞了原有的舖排。他又引《周易》、《春秋》等書之

最末篇，用以說明止於〈驚夢〉是別具用心之安排。〈驚夢〉夾批云：

> 《周易》六十四卦之不終於既濟，而終於未濟；《春秋》二百四十二
> 年之不終於十有二年冬，而終於十有三年春；《中庸》三十三章之不
> 終於「固聰明聖智達天德者」，而終於無數詩曰詩云；《大悲阿羅尼》
> 之不終於「娑囉娑囉悉唎悉唎蘇嚧蘇嚧」，而終於十四娑婆訶也。

《周易》六十四卦中，既濟乃是剛柔並濟，功德圓滿之卦象，然而卻非最後
一卦，而以未濟為終，因為人生難求完美，看似萬事皆濟，其實禍福相生，
豈可因既濟而自滿，於是終於未濟，使人明瞭卦象相生不息的道理，卦象雖
終，而之後衍生之卦象卻又是無窮盡的。而《春秋》、《中庸》、《大悲阿羅尼》
亦是如此，並不以事件的結束、德性的圓滿、咒文的結尾作為全文終結，反
而以更耐人尋味的方式收束，達到言有盡而意無窮之妙境。故聖歎以為止於
第十六章，即可臻於至善。

聖歎又以「妙處不傳」之語，說明續之四篇為多餘之作。續之一〈泥金
報捷〉前批云：

> 夫所謂「妙處不傳」云者，正是獨傳妙處之言也。停目良久睇之，
> 睇此妙處，振筆迅疾取之，取此妙處，累百千萬言曲曲寫之，曲曲
> 寫而至於妙處，只用一二言斗然直逼之，便逼此妙處。然而又必云
> 「不傳」者，蓋言費卻無數筆墨，止為妙處，乃既至妙處，即筆墨
> 都停。夫筆墨都停處，此正是我得意處，然則後人欲尋我得意處，
> 則必須於我筆墨都停處也。

「妙處不傳」，其實是獨傳妙處，所謂妙不可言，既然筆墨都難描述其妙處，
如果硬要落入文字中，便會失去其絕妙文意，於是既至妙處，筆墨都停，唯
有用心體會，才可真正獨得其妙處。金氏以為〈驚夢〉之後的無限妙處，只
可意會，不可言傳，續之四篇，意欲獨傳妙處，反而顯得粗鄙，妙處盡失，
意境淺露，基於此點，聖歎不禁要大肆抨擊。

聖歎不僅於結構上提出第五本設篇之不當外，他也從元曲本身之規律來
推敲第五本的可信性。續之四〈衣錦榮歸〉一折中，對於同宮調之主唱，便
和前四本有異。前四本的規律，同一宮調只由一人唱到底，而此折一開始乃
張生唱，〈喬木查〉一曲卻插入紅娘唱，金氏遂批云：

> 北曲通常用一人唱，無旁人雜唱之例，此忽作紅娘唱，大非也。

不僅紅娘唱，之後〈雁兒落〉一曲則由法本唱，〈落梅風〉一曲則是杜將軍唱，

實在有違北曲常例，因此聖歎疑爲後人所續。

就人物形象而言，總之四篇的人物，和前面所言，也有若干矛盾之處。聖歎認爲後續之文醜化了原人物的形象。如〈泥金報捷〉前批云：

> 只如此篇寫鶯鶯，竟忘其爲相國小姐，於是於張生半年之別，不勝嘖嘖怨怒，亦不解三年大比是何事，亦不解禮部放榜在何時，亦不解探花及第爲何等大喜，亦不解未經除授應如何候旨；一味純是空床難守，淫啼浪哭。蓋佳人才子，至此一齊掃地矣！

金氏認爲最解功名事，最重功名事，乃至最心熱功名事者，莫甚於相國小姐，而此篇之鶯鶯，完全不解功名，捷書在手，猶不解憂，尚有「悔教夫婿覓封侯」之語，實非相國千金該有之言行，所以聖歎云佳人才子，至此篇皆掃地殆盡。而對於鄭恒的出現，他也認爲玷染了鶯鶯。〈鄭恆求配〉前批云：

> 諺云：「投鼠者忌器。」蓋言世之極可厭惡無甚於鼠，而無奈旁有寶器，則雖一時刺眼刺心之極，而亦只得忍而不投。何則？誠懼其或傷吾器也。

縱使厭惡老鼠，然顧忌寶器在旁，只得忍而不投。聖歎以此喻鶯鶯、鄭恒之間的關連。文云：

> 今如鶯鶯，眞古今以來人人心頭之無價寶器也。若鄭恒，則固人人厭之惡之之一惡物也。今也務必投之，投之務必令之立死，此亦誠爲快事。然筆則累筆，墨則累墨，……細思當其時則又安得不累及於鶯鶯哉？

此篇固然寫盡鄭恒的醜陋，使人更清楚張生的好，然而出一鄭恒，勢必在言語上褻瀆鶯鶯。如〈鄭恒求配〉一折中，鄭恒有云：「姑娘若不肯，著二三十個伴當抬上轎子，到下處脫了衣裳，急趕將來，還你個婆娘。」聖歎於此後批云：

> 蓋我之護惜鶯鶯，方且開卷惟恐風吹，掩卷又愁紙壓，吟之固慮口氣之相觸，寫之深恨筆法之未精。眞不圖讀至此處，乃遭奴才如此牴突也。

金氏護惜鶯鶯之形象，只要稍有不當，便極力維護，更何況鄭恒的口出不遜，言詞輕薄。他認爲出此鄭恒，本是老夫人賴婚的一個藉口罷了，如果眞有其人出頭尋鬧，不免污瀆鶯鶯，所以從人物形象的觀點而言，第五本實在破壞了前後人物的完整性。同時他又就《西廂》對人物的輕重安排，說明第五本

的不當舖排。〈衣錦榮歸〉前批有云：

> 《西廂》為才子佳人之書，故其費筆費墨處俱是寫張生、鶯鶯二人，餘俱未嘗少用其筆之一毛，墨之一瀋也。……今續之四篇，乃忽因鄭恒二字，既與獨作一篇，後又復請多人，再遍花名手本，凡《西廂》所有偶借之家伙，至此重複一一畫卯過堂，蓋必使普天下錦繡才子讀《西廂》正至飄飄凌雲之時，則務盡吹之到於鬼門關前，使之睹諸變相，遍身極大不樂，而後快於其心焉。

就聖歎而言，老夫人、法本、白馬等人，皆是偶然借用之家伙，如風吹浪，浪息風休；如桴擊鼓，鼓歇桴罷，沒有必要在最後又重複出現，反而意境全無，妙處盡失，瑣碎而平庸之舖排，與前面之手筆相差甚遠。從人物的安排斟酌，金氏以為後面不及前面，故續作之說應無誤。

　　除結構的組織、人物的形象，不及前十六章的緊密完整外，在文字上，聖歎也嫌其為庸筆弱筆。但對於後續文筆精妙處，他也不吝惜稱美，〈泥金報捷〉夾批有云：「此是好句，我不忍沒。」〈衣錦榮歸〉夾批亦云：「便使《西廂》為之，亦不復毫釐得過也。」然而讚美仍是少數，續之四篇觸目可見「醜極」、「醜語」、「醜」之批語。而續作之文詞，前後雷同，腹笥甚窘。〈錦字緘愁〉前批便舉例說明這現象，〈泥金報捷〉和〈錦字緘愁〉的文詞便很相似。前篇〈醋葫蘆〉曲文云：「多管閣著筆兒未寫淚先流，寄將來淚點兒兀自有。」此篇〈迎仙客〉曲文又云：「寫時管情淚如絲，既不沙，怎生淚點兒封皮上漬。」前篇〈梧葉兒〉曲文云：「這汗衫若是和衣臥。」這裏肚、這襪、這琴、這玉簪、這斑管、逐件說明。此篇〈滿庭芳〉曲文：「（這汗衫）怎不教張郎愛爾。」這琴、這玉簪、這斑管、這裏肚、這襪、又逐件說明。前篇〈醋葫蘆〉曲文云：「你逐宵野店上宿，休將包袱做枕頭。」此篇〈耍孩兒〉曲文又云：「書房中顛倒個藤箱子」，「休教藤刺兒抓住綿絲。」聖歎比對了前後文詞，不免歎云：

> 文雖二篇，語只一副。

又云：

> 看他才地窘縮，都無抽展處。

可見在文詞的功力上，續四篇實不及前面之精練，對於續四篇的刻意經營，聖歎認為毫無價值可言。〈鄭恒求配〉夾批便云：

> 費筆、費墨、費手、費紙、費飯、費壽，寫得惡札一通。

在他看來，續作四篇即是惡札一通，不僅不能為張生、鶯鶯添神彩，反而醜

化了《西廂》。〈衣錦榮歸〉夾批便云：

> 一部《西廂》皆鏡花水月，鴻爪雪痕之文也。若被此等咬嚼，便成
> 閻羅鏡台。千年業在，恨恨！

從文字、從意境，續四篇又不及前面的妙絕、高超，於是聖歎大膽地揭示後四篇應爲後人所續，在他精細的比較分析下，後四篇的確存在一些難以自圓其說之問題，不能和前面連貫，基於內容上的辨別，聖歎更確信後四篇乃是出自他人之手，於是稱之爲《續西廂記》四篇。

二、第五本作者之考證

對於第五本之地位，我們不能盡聽聖歎的一面之辭，便予以否定，他的一些說法固然可信，卻缺乏更科學之考證。其實第五本的作者，自來就眾說紛紜，莫衷一是，而最爲人爭論不休者，是王實甫獨作及王實甫作、關漢卿續兩種說法。〔註11〕以下乃根據現存《西廂記》之版本，以及其他古書之記載，來討論第五本的作者究爲何人。

1、考諸《西廂記》刊本

截至目前爲止，我們尚未發現明代以前之《西廂記》刊本，因此我們只能就明代各刊刻本，其中對作者之記錄，明瞭當時對《西廂》作者之認定。

弘治十一年（1498）金臺岳家重刊本《奇妙全相註釋西廂記》，是現存最早之刻本，原藏於燕京大學圖書館，臺灣世界書局影印成書，題「元王德信撰」。雖然本書未題及作者之名字，然而對第五卷之作者，書中並未提出與前四卷不同之說，可推測當時並沒有誰作誰續之問題。

萬曆四十二年（1614）序，明香雪居刊本《新校注古本西廂記》六卷，王驥德校注，藏於國立中央圖書館。其於每卷卷首題「元大都王實甫編」之字樣，王驥德於自序中云：「舊傳是記爲關漢卿氏所作，邇始有歸之實甫者，則涵虛子之《正音譜》，故臚列在也。獨世謂漢卿續成其後，未見確證。」他認爲《西廂記》應爲王實甫所作無誤，然而後四折是否爲關漢卿所續，則於〈凡例〉云：「舊傳實甫作至草橋夢止，直是四折，漢卿之補，自不可闕。」可知他贊成王作關續的說法。

〔註11〕對於《西廂記》之作者，自古以來有幾種說法：關作、關作王續、王作、王作關續，其考證可參見陳慶煌《西廂記考述》，民國63年，政大中研所碩士論文。前面兩種說法已被推翻，真正議論紛紛的，是後面的兩種說法。

　　萬曆四十六年（1618）蕭騰鴻師儉堂刊本《鼎鐫陳眉公先生批評西廂記》二卷，明陳繼儒評、蕭鳴盛校、余文熙閱，藏於國立中央圖書館。陳眉公於卷上目錄之後，有手書題記曰：「金元樂府運用成語多食而不化，反為本色語累，獨實父顓歡，收北宋南唐詩餘之精華。」可見他認為是王實甫所撰。然此批本於第十六齣末有手書「西廂記已畢」五字，其意謂《西廂記》止於驚夢而已，團圓結局乃後來續成。而今人張棣華《善本劇曲經眼錄》書中考證云：「書中墨跡不知出於誰手？審其字體，批校者與題記者不同一人。」若是如此，則陳眉公批評並無此語，乃後人所加，不足取信。《西廂記》仍是由王實甫一人完成。

　　天啓元年（1621）序刊，《槃薖碩人增改定本西廂記》二卷，〔註12〕作者的真實姓名不詳，經臺灣廣文書局影印成書。他於〈玩西廂記評〉云：

　　　王實甫著《西廂》，至草橋驚夢而止，其旨微矣。蓋從前迷戀，皆其
　　　心未醒處，是夢中也；逮至覺而曰嬌滴滴玉人何處也，則大夢一夕
　　　喚醒，空是色而色是空，天下事皆如此矣！關漢卿紐于俗套，必欲
　　　終以畫錦完娶，則王醒而關猶夢。

他的說法與後來金聖歎之說相近，皆以「人生如夢」作為《西廂記》著書之旨。他以為元稹的〈會真記〉及白居易所作〈和微之夢游春詩百韻〉，都是始迷終悟，夢而覺也，所以《西廂》至草橋驚夢即可，關漢卿續第五本，乃是不明此理，不能了悟色空，而仍在夢中。在他看來，《西廂記》乃是王作關續。

　　天啓年間烏程凌氏刊朱墨套印本《西廂記》五卷，凌濛初校注，現藏國立故宮博物院圖書館。對於作者之記載，在每卷卷首題「元王實甫填詞」，而於第五卷則題「元關漢卿填詞」，可知他同意王作關續之說。

　　天啓間烏程閔氏刊朱墨藍三色套印本《西廂會真傳》五卷，湯顯祖批評、沈璟批訂，現藏國立中央圖書館。此書〈會真記〉後湯顯祖朱批云：「此傳得關漢卿演為北劇，風流絕艷，遂作千古相思史。」依據此文，湯顯祖似乎相信《西廂記》為關漢卿所撰。

　　明崇禎十二年（1639）序刊本《張深之先生正北西廂秘本》五卷，張深之正，陳洪綬敘、繪圖，現藏國立故宮博物院圖書館。書於卷一起首題「元

〔註12〕《槃薖碩人增改定本西廂記》雖經廣文書局影印成書，然而由於序文有缺頁，
　　　無法得知其刊行年代，此處引天啓元年，乃是依據陳慶煌《西廂記考述》以
　　　及《西廂記鑑賞辭典》附錄的版本簡介所記載。

大都王實甫編」、「關漢卿續」，可見此書是主張王作關續。

崇禎十三年（1640）刊本《李卓吾先生批點西廂記眞本》二卷，李贄批點，藏於國立中央圖書館。此書對於作者並無異議，也即是主張五本皆王實甫所作。

崇禎間刊本《三先生合評元本北西廂》五卷，明李贄、湯顯祖、徐渭合評，藏於國立故宮博物院圖書館，書中對作者並未著墨，原則上仍同意爲王作。

崇禎間刊本《重刻訂正元本批點畫意北西廂》五卷，徐渭批點，收藏於國立故宮博物院圖書館。書中於每卷題「元大都王實甫編、關漢卿續」之文，而卷五則僅題「元大都關漢卿續」。可知同意王作關續之說。

崇禎間陳長卿存誠堂刊本《新刻魏仲雪先生批點西廂記》二卷，魏浣初評、李裔蕃註，國立中央圖書館收藏。其書也是主張王作關續。

崇禎年間毛晉汲古閣《六十種曲》本《繡刻北西廂記定本》，毛晉編，開明書店影本。其書乃是主張王實甫所作，並無他說。

根據臺灣可見之《西廂記》刻本顯示，紛歧的作者問題最後歸爲兩大說法，一是王作，一是王作關續，對於第五本的作者問題，尚無定論。

2、參證古書之記載

《西廂記》之刊本固然繁多，然多是明代刊本，對於作者的記載難免會有道聽塗說，人云亦云之嫌疑。在此，參考其它古書之記載，從紊亂中抽絲剝繭，爲《西廂記》之作者作一個較可信之考證。

《西廂記》五本均爲王實甫所作

持這種說法者，上可追溯至元代鍾嗣成《錄鬼簿》，《錄鬼簿》成于元至順元年（1330），可說是最早記載《西廂記》作者之書。此書將《西廂記》收錄於王實甫名下，而於關漢卿名下，並無作《西廂》的記載。可知此書認爲《西廂記》乃由王實甫完成，並非關作，也無關續之說。元人周德清論曲，舉《西廂》〈麻郎兒後篇〉云：「忽聽、一聲、猛驚」及〈太平令〉云：「自古、相女、配夫」，爲六字三韻語之例。〔註13〕前一句見第一本第三折，而後一句見第五本第四折，可見元代並未將第五本視爲續本。

〔註13〕所引周德清論曲之文，乃據明沈德符《顧曲雜言》、臧懋循《元曲選》，以及清《欽定曲譜》卷首所引〈周挺齋論曲〉，今本《中原音韻正語作詞起例》是處已爲人竄易，不可據。

　　明代主張王作的代表人物應屬丹丘先生朱權。朱權於《太和正音譜》將《西廂記》列為王實甫之作。同時他又引《西廂記》〈小絡絲娘〉云：「都只為一官半職，阻隔著千山萬水。」於其下注云：「王實甫西廂記第十七折。」可知朱權將《西廂記》歸為王作。而何良俊《四友齋叢說‧詞曲卷》云：

　　　　王實甫才情富麗，真辭家之雄，但《西廂》首尾五卷，曲二十一套，

　　　　終始不出一情字，亦何怪其意之重複，語之蕪類耶？

何良俊更明言了五本二十一折皆是王作。前面所提之書，只記載作者的姓名，並未對分歧的作者問題作辯駁，而都穆《南濠詩話》則提出具體說明，文云：

　　　　近時北詞以《西廂記》為首，俗傳作於關漢卿。或以為漢卿不竟其

　　　　詞，王實甫足之。予閱《點鬼簿》，乃王實甫作，非漢卿也。實甫，

　　　　元,大都人，所編傳奇有《芙蓉亭》、《雙蕖怨》等，與《西廂記》凡

　　　　十種。然惟《西廂》盛行於時。

都穆認為關作乃為不當之說，於是舉《點鬼簿》作為證據，此處《點鬼簿》疑是《錄鬼簿》之訛。〔註14〕他引古書為證，支持王作之說，較能取信於人。

　　清代學者李調元亦主此說，他於《雨村曲話》云：

　　　　《太和正音譜》云：《西廂記》，元進士王實甫撰。按：王實甫，見

　　　　《元人百種》，曲目十三本，以《西廂》為首。世有謂關漢卿撰者，

　　　　妄也。漢卿亦元進士，撰曲有六十三本，不載《西廂》。王元美云：

　　　　實甫原本至「碧雲天，黃花地」而止，此後乃漢卿所補，則續鄭恆

　　　　事，乃漢卿筆也。世又謂：至草橋驚夢而止。非。

依李調元之見，他反對「關漢卿撰」的妄說，對於關續，也同樣不贊同，他認為《西廂》五本皆是王作之說，較為可信。至於其它學者，如毛奇齡於《毛西河論定西廂記》〔註15〕云：

　　　　今之據為王作者，以《正音譜》也。若據《正音譜》，則並無可為續

　　　　者。按《譜》所列每一劇，必注曰「一本」，一本者四折也。令實甫

　　　　《西廂記》下明注曰「五本」，則明明實甫已全有二十折矣。

毛西河根據朱權《太和正音譜》之記載，二十折皆應是王作，關續之說不足信。

―――――――――――――――――――――――――――――――――――――

〔註14〕都穆所提《點鬼簿》，不詳所出，一般所謂點鬼簿，乃是譏刺詩文多用古人姓
　　　　名，並非真有此書，然而諸多《南濠詩話》之翻刻本，皆作《點鬼簿》，於是
　　　　依據原文著錄，然其所引內容觀之，疑即《錄鬼簿》。

〔註15〕此引文轉引自王季思《玉輪軒曲論新編》。《毛西河論定西廂記》乃民國 16 年，
　　　　誦芬室石印重刊本。

以上各家皆主張王實甫完成《西廂》全書，續作之說並無可信之資料，因而無法苟同，而且就算最早可見的《錄鬼簿》、《太和正音譜》記載，確是王實甫作，於是他們對王作之說深信不疑。

《西廂記》乃為王作關續

《西廂》五本皆為王作的說法，雖然較多人接受，然而另一派王作關續之說卻也歷久而不衰，一直與前說相抗衡，從明代至今，多有主張此說者。

明徐復祚《三家村老曲談》便主張王實甫所作，止於十六折。文云：

> 馬東籬、張小山自應首冠，而王實甫之《西廂》，直欲超而上之。蓋諸公所作，止於四折，而《西廂》則十六折，多寡不同，骨力更陡，此其所以勝也。

徐復祚認為王實甫作前十六折，而至於後四折，他又云：

> 《西廂》後四齣，定為關漢卿所補，其筆力迥出二手，且雅語、俗語、措大語、白撰語，層見疊出，至於馬戶尸巾云云，則真馬戶尸巾矣。且《西廂》妙，正在于草橋一夢，似假疑真，乍離乍合，情盡而意無窮。何必金榜題名，洞房花燭，而後乃愉快也。

徐復祚不僅斷定後四篇為關續，並且對王、關二人之作分出高下，認為關續破壞了原有意境，徒增醜文。王世貞也主關續，但是他認為續作之文，俊語不減前，其《曲藻》云：

> 《西廂》久傳為關漢卿撰。邇來乃有以為王實夫者，謂至郵亭夢而止。又云至碧雲天、黃花地而止，此後乃漢卿所補也。初以為好事者傳之妄，及閱《太和正音譜》，王實夫十三本，以《西廂》為首。漢卿六十一首，不載《西廂》，則亦可據。第漢卿所補〈商調集賢賓〉及〈掛金索〉，「裙染榴花，睡損胭脂皺；紐結丁香，掩過芙蓉扣；線脫珍珠，淚濕香羅袖；楊柳眉顰，人比黃花瘦。」俊語亦不減前。

王世貞認為《西廂》前四本為王作，而第五本則為關續，至於為何主張關續，並無具體說明。而明蔣一葵《堯山堂曲紀》，主張和王世貞幾乎一致，雖是關續，仍有其可取之佳處。

清代研究《西廂記》的學者，大多主張王作關續。如清黃文暘《曲海總目提要》便云：

> 《西廂記》，元王實甫撰。草橋驚夢後四齣，關漢卿補。

又焦循《易餘籥錄》卷十七云：

> 王實甫止有四卷，至草橋店夢鶯鶯而止，其後一卷，乃關漢卿所續，
> 詳見王弇州《曲藻》及都穆《南濠詩話》。

黃文暘只是一筆帶過作者的問題，而焦循則舉王世貞及都穆之說爲證。按：王弇州的確贊成王作關續，但是都穆的立場不見得能支持焦循的論點。都穆《南濠詩話》只說明《西廂記》爲王作，並未說是關續，所以焦循的舉證稍嫌不當。而王季烈《螾廬曲談》亦云：

> 王實甫《西廂》，才華富贍，北曲巨製，其疊四本以成一部，已開傳
> 奇之先聲。……關漢卿之《續西廂》四折，不用辭藻，專事白描，
> 正是元人本色處。

王季烈認爲前四本多妙詞，詞旨纏綿，風光旖旎，是爲王作，而後一本多白描語句，出自關漢卿手筆。又吳梅《顧曲塵談》、王國維《錄曲餘談》皆同意此說。《顧曲塵談》第四章〈談曲〉云：

> 元人記載皆以《西廂》爲漢卿所作，其實非也。王元美《曲藻》中
> 已著論辯之。蓋《續西廂》爲漢卿之手筆耳。

非但吳梅贊同，甚至連考據大家王國維亦採此說：「元則有王實甫、關漢卿之《北西廂》。」可見王作關續之說，與前面所持王實甫獨力完成的說法相抗衡，迄今仍爭論不休。

三、第五本仍推王實甫作

第五本的作者會發生困擾，乃是因爲其內容較之前四本，的確遜色，文詞一直重複，且白描語句多而雅致不足，文章氣勢也一轉而下，不如前面之關目緊湊，甚至在人物形象上也出現矛盾的現象，據此，便有作者前後不同，應是關漢卿續的說法產生。然而清梁廷柟《曲話》云：

> 王實甫之撰《西廂》，見《太和正音譜》。王弇州《曲藻》，謂實甫元
> 本至碧雲黃葉而止矣，後所續爲關漢卿筆。世謂止於〈草橋驚夢〉
> 者，非也。今按漢卿所撰曲，多至六十餘本，其目不載《西廂》。且
> 續本多鄙俚不倫之句，尤可疑也。

梁廷柟認爲關漢卿乃是元曲四大家之首，且又是元雜劇之多產作家，若眞是關續，必定是另一本佳作，然而第五本過於鄙俗，若歸爲關作，實在情理不通。在梁氏認爲，縱使第五本非王實甫所作，必也是他人所續，而非關漢卿續。其觀點可能受到金聖歎之影響，主張後人所續。

　　至於最合理，最接近事實的說法究竟為何？歸結而言，仍以《西廂》五本皆王作的說法較穩妥，也較合邏輯。

　　從《西廂記》之淵源而言，其內容、關目乃是按董解元《西廂記諸宮調》所敷演的，而且全書主旨在於「願普天下有情的都成了眷屬」，因此不可能僅寫至草橋驚夢即作結，若不演至崔、張團圓，全書的主旨該如何體現呢？而對於第五本之曲文、賓白不如前四本緊密、典雅，明臧懋循於《元曲選‧序》云：

　　　　故一時名士，雖馬致遠、喬孟符輩，至第四折往往彊弩之末矣！

元劇四折，至第四折都會有氣衰力竭，欲振乏力之情形，更何況《西廂記》敷演了二十一折，〔註16〕到最後一本難免會有銜接不上之感，不足為奇。如果因此而斷定非王作，恐怕難以自圓其說。

　　再者，從《西廂記》每本之後的〈絡絲娘煞尾〉之性質，我們也可見出一些端倪。明弘治刻本卷二、卷三、卷四之末都用〈絡絲娘煞尾〉作結束，對於此調的性質，王驥德於《新校注古本西廂記‧凡例》云：

　　　　諸本益〈小絡絲娘〉一尾，語既鄙俚，復入他韻，又竊後折意提醒
　　　　為之，似搊彈說詞家所謂「且聽下回分解」等語，又止第二三四折
　　　　有之。首折復闕，明係後人增入。

又於〈校記〉裏云：

　　　　俗本每折後各有僞增〈絡絲娘煞尾〉二句，皆俗工搊彈之詞，今并
　　　　削之。

〈絡絲娘〉有小結已然的情事，並暗示今後發展的趨勢，僅有兩句。王氏因為其鄙俚、入他韻，便以為是後人所增而刪之，不免過於主觀。因為有關〈絡絲娘煞尾〉之記載，早在《雍熙樂府》已可見。《雍熙樂府》卷十二〈新水令〉一套，卷十三〈鬥鵪鶉〉二套，末各有〈絡絲娘煞尾〉，共有三曲，獨缺第一本之〈絡絲娘煞尾〉，而明初朱權《太和正音譜》下卷〈越調〉裏，引了《西廂記》第四本的〈絡絲娘煞尾〉，可以說明此調曲文的存在由來已久，說是後人僞增，實在牽強。凌濛初所刊《西廂記》第一本末指出王氏的

〔註16〕文中有時稱《西廂記》二十折，有時是二十一折。根據明弘治刻本之內容，
　　　　五卷中除第二卷分為五折外，其餘皆四折，共計二十一折。而之後的各批評
　　　　本，為求每本之統一折數，遂將第二卷的一、二折合為一折，成為二十折，
　　　　於是有二十、二十一折兩種說法。

錯誤云：

> 此有〈絡絲娘煞尾〉者，因四折之體已完，故復爲引下之詞結之，
> 見尚有第二本也。此非復扮色人口中語，乃自爲眾伶人打散語，猶
> 說詞家有分交以下之類，是其打院本家數。王謂是搊彈引帶之詞而
> 削之，太無識矣！

〈絡絲娘煞尾〉目的是承前啓後，尤其重在啓後，因此第五本末便不能再加
〈小絡絲娘〉。至於第一本之〈小絡絲娘〉，雖然弘治刻本、《雍熙樂府》皆無
著錄，然而在通俗本中是有此調曲文的。《西廂會眞傳》於一本末眉批云：

> 俗本有〈絡絲娘煞尾〉：「則爲你閉月羞花相貌，少不得剪草除根大
> 小。」皆俗工搊彈引帶之詞，今刪去。

其餘二、三、四本皆有〈絡絲娘煞尾〉，唯有第五本無，《毛西河論定西廂記》
亦云：「院本以四折爲一本，中用〈絡絲娘煞尾〉聯之。」既然〈絡絲娘煞尾〉
重在承先啓後，又第四本的確此調作結，後有第五本是必然的，如果沒有
確切證據證明〈絡絲娘煞尾〉爲後人僞增，便無法說明第五本爲續作，因而
仍以王實甫作《西廂》五本較可靠。

　　金聖歎斷《西廂》第五本爲僞續，乃是從藝術觀點著眼，前面已有詳述，
他不忍後四折破壞了前四本所塑造的人物形象，然而他的推論實無可靠之根
據，全憑一己之判斷。日後由於金批之出色，其他明刊刻本便相形見絀，也
使後人對《西廂記》僞續之說深信不疑，這可說是聖歎批《西廂記》對後人
之影響吧！

第四節　刪改之優劣

　　聖歎刪改《西廂記》之曲文、賓白，如同另外又有一部《西廂記》，後代
學者對其刪改後之文句多有微詞，其中雖不乏稱贊之詞，但大多對刪改後之
曲文給予較低之評價，如清梁廷柟《曲話》便云：

> 金聖歎強作解事，取《西廂記》而割裂之，《西廂》至此爲一大厄；
> 又以意爲更改，尤屬鹵莽。

梁氏以爲聖歎隨意改文，乃是鹵莽之舉，他舉了相當多的例子，說明不如原
本來得好：

> 〈驚豔〉云：「你道是河中開府相公家，我道是南海水月觀音現。」

改爲：「這邊是河邊開府相公家，那邊是南海觀音院。」

〈借廂〉云：「我若共你多情小姐同駕帳，怎捨得你疊被鋪床。」改爲：「我若與你多情小姐同駕帳，我不教你疊被鋪床。」又：「你撇下半天風韻，我捨得萬種思量。」改爲：「你也掉下半天風韻，我也颩去萬種思量。」

〈酬韻〉云：「隔牆兒酬和到天明，方信道惺惺自古惜惺惺。」改爲「便是惺惺惜惺惺。」又：「便是鐵石人鐵石人也動情。」刪去疊「鐵石人」三字。

〈寺警〉云：「便將蘭麝熏盡，只索自溫存。」改爲「我不解自溫存。」又：「果若有出師的表文，嚇蠻的書信，但願你筆尖兒橫掃了五千人。」改爲：「他眞有出師的表文，下燕的書信，只他這筆尖兒敢橫掃五千人。」

〈請宴〉云：「受用些寶鼎香濃，繡簾風細，綠窗人靜。」改爲：「你好寶鼎香濃。」又：「請字兒不曾出聲，去字兒連忙答應。」改爲：「我不曾出聲，他連忙答應。」

〈賴婚〉云：「誰承望這即即世世老婆婆，教鶯鶯做妹妹拜哥哥。」改爲：「眞是即世老婆婆，甚妹妹拜哥哥。」

〈前候〉云：「一納頭安排著憔悴死。」改爲：「一納頭只去憔悴死。」

〈鬧簡〉云：「我回頭兒看，看你個離魂倩女，怎發付擲果潘安？」改爲：「今日爲頭看，看你個離魂倩女，怎生的擲果潘安？」

〈拷艷〉云：「我只神鍼法灸，誰承望燕侶鶯儔？」改爲：「定然是神鍼法灸，難道是燕侶鶯儔？」「猛凝眸，只見你鞋底尖兒瘦。」改云：「怎凝眸。」又「那其間可怎生不害半星兒羞？」改爲「那時不曾害半星兒羞。」

〈哭宴〉云：「兩意徘徊，落日山橫翠。」改爲：「兩處徘徊，大家是落日山橫翠。」

〈驚夢〉云：「愁得陡峻，瘦得嗻嘍，卻早掩過翠裙三四褶。」改爲「愁得陡峻，瘦得嗻嘍，半個日頭早掩過翠裙三四褶。」

前面皆是梁廷枏所舉以意而更易的例子，而他又以爲聖歎刪減之文有太過者，如：

〈借廂〉云：「過得主廂，引入洞房，好事從天降。」刪爲「曲廊洞房。」又：「軟玉溫香，休道是相親傍。」刪爲「休言偎傍。」

〈請宴〉云：「聘財斷不爭，婚姻立便成。」刪爲「聘不見爭，親立便成。」

〈琴心〉云：「靡不有初，鮮克有終。」刪爲「靡不初，鮮有終。」

〈驚夢〉云：「睞一睞著您化爲齏醬，指一指教你變做鷖血，騎著一匹白馬來也。」刪去三「一」字。

刪減固然可使文詞更精鍊，然而刪減太過，會使紓舒的美感大打折扣，故而梁氏不甚贊許。前面所錄乃是梁廷柟認爲刪改不佳之文。至於金氏批改優於原本者，梁氏也不吝惜稱許。如：

〈借廂〉云：「若今生難得有情人，則除是前世燒了斷頭香。」改爲「若今生不做並頭蓮，難道前世燒了斷頭香。」

〈寺警〉云：「學得來一天星斗煥文章，不枉了十年窗下無人問。」改爲「我便知你一天星斗煥文章，誰可憐你十年窗下無人問？」

〈琴心〉云：「則爲那兄妹排連，因此上魚水難同。」改爲「將我鴈字排連，著他魚水難同。」

〈賴簡〉云：「恁的般受怕擔驚，又不圖甚浪酒閒茶。」改爲「我也不去受怕擔驚，我也不圖浪酒閒茶。」

〈後候〉云：「將人的義海恩山，都做了遠水遙岑。」改爲「甚麼義海恩山，無非遠水遙岑。」

〈哭宴〉云：「留戀你別無意，據鞍上馬，閣不住淚眼愁眉。」改爲「留戀應無計，一個據鞍上馬，兩個淚眼愁眉。」

上所引乃梁氏以爲佳者，其實無論是優是劣，都可算是梁氏一己之好惡，並無絕對之標準，然而他又云：

其實聖歎以文律曲，故每於襯字刪繁就簡，而不知其腔拍之不協。

至一牌畫分數節，拘腐最爲可厭，所改縱有妥適，存而不論可也。

「以文律曲」是聖歎刪改之弊端，因爲對曲牌、宮調之認識不夠豐富，往往爲求詞美而悖曲，甚至將賓白夾雜於牌調中，尤顯蕪雜。且其刪減襯字，使得元曲活潑、生動的特點大爲失色，故梁氏認爲應該存而不論也。而清王季

烈《蠻廬曲談》，對於聖歎的刪改，亦不予苟同，他並引證解釋刪改之不當，例子不出梁廷柟所言，故略之。且於舉例之後言及改易之後果云：

> 諸如此類，皆意爲更易，使原本雋永之詞旨，變爲率直，實《西廂》之大厄也。

基本上他們都不欣賞聖歎刪改之作風，對原文與改文之比較，流露出主觀之喜惡，然而「以文律曲」之定論，卻缺乏具體之說，現代之學者，不乏有補充其說而更爲合理者。如蔣星煜〈周昂《增訂金批西廂》的貢獻和局限〉（收於《西廂記考證》一書）一文，便引周氏之批點，周氏認爲聖歎不通音律，隨便改易的結果，弄得韻律不協。如三本一折〈前候〉中〈青哥兒〉一曲，其曲文一般作：「我只說昨夜彈琴的那人兒，教傳示。」金聖歎改成「我只說昨夜彈琴那人，教傳示。」按音律，〈青哥兒〉乃是上四下三的七字句，用平韻。在此句中，「我只說」和「的」乃襯字，「兒」字正是用韻之處，而聖歎誤以爲是虛字，遂將「兒」字刪去，於是失韻，由此可知其不諳曲律。他又提及聖歎往往注意語法修辭，對於故事發展的層次、過程，經常予以忽略。如〈後候〉一折，聖歎改本在紅娘唱〈禿廝兒〉之前，刪除了張生云：「小姐必來。」及紅娘云：「她來呵，看你怎生發付？」的對話，而直接由紅娘唱：「你身臥一條布衾，頭枕三尺瑤琴，她來怎生一處寢，凍得她戰競競。」便顯得沒頭沒腦，口氣接不上。周昂之批評的確點中聖歎之要害。

張國光〈有比較才能鑒別——金西廂優于王西廂之我見〉一文中，對聖歎曲解原文及修改文筆也作了批評，如一本三折〈酬韻〉，其〈綿搭絮〉曲文有云：「今夜淒涼有四星。」對於「四星」之解釋，金謂之「下稍」，而張國光則認爲應從另一義，解釋爲「十分」才符合上下文意。至於金氏修改之妙筆，他頗爲讚賞，如二之四〈琴心〉一折，其〈調笑令〉一曲原本作：「莫不是梵王宮，夜撞鐘。」金改云：「是花宮，夜撞鐘。」按《太和正音譜》所載，〈調笑令〉首句限用二字，而原本「梵王宮」爲三字，聖歎改爲「花宮」，比原來更合乎曲律。此例可知聖歎並非不諳曲律，只是不因律廢文罷了。

聖歎刪改賓白，往往使情節更緊湊、更吸引人，然而其刪改曲文，一般之評價不佳，尤其刪減襯字，使得元曲柔媚動人，婉約纏綿之特色也一併刪去，殊爲可惜，而其斷《西廂》之僞續，也傳達出當時對作者質疑之現象。此章乃是針對其刪改之原則及重要觀點，潛心研討，並且引證後代學者對改文之褒貶，藉以明瞭其刪改之價值。其刪改《西廂》固然好壞參半，褒貶不

一，但要能有如此大手筆，改得不慍不火，不喘不急者，恐怕寥寥可數。聖歎能不計毀譽而大膽爲之，正是其過人之處也，如果將其批改之《西廂》，視爲另一部金聖歎《西廂記》，不亦可乎！

第五章　後人之評價及其對後世之影響

第一節　後人對金批《西廂》之評價

　　自金批《西廂》一書問世，其它批評本便相形失色，甚而取代了原來王《西廂》之地位，由清王應奎《柳南隨筆》卷三之記載，便可看出其書受歡迎之程度。《柳南隨筆》云：

> 顧一時學者，愛讀聖歎書，幾於家置一編。

可見當時學者，對聖歎之批書相當重視。持褒揚態度者，則如獲至寶，愛不忍釋；持貶斥態度者，便斥聲屬責，唯恐誤人太深。如此褒貶互見之言論，使得金批《西廂》之價值曖昧不明，難獲較客觀之定位。

　　聖歎之好友徐增，對其批書表示讚賞，徐增於《天下才子必讀書·序》一文中，便云：

> 聖歎固非淺識寡學者之能窺其涯岸者也。聖歎，異人也，學最博、識最超、才最大、筆最快，凡書一經其眼，經其手，如庖丁解牛，膝理井然；經其口，如懸河翻瀾，人人滿意。不啻冬日之向火，通身汗出；夏日之飲冰，肺腑清涼也。

徐增與聖歎交相推重，徐氏對聖歎了解之程度非一般人所能及，因而他認為只有廣識博學之人，才能洞悉聖歎之才華洋溢、文思敏捷。他又評論金氏之批評手法，如庖丁解牛，能釐清文章的脈絡，得以井然有序，一目了然，讀其書便有通身舒暢之感。徐氏對聖歎可謂推崇備至，肯定其批評之地位。

　　清廖燕於其《二十七松堂文集》〈金聖歎先生傳〉一文中亦云：

> 善衡文評書，議論皆前人所未發。……所評《離騷》、《南華》、《史
> 記》、《杜詩》、《西廂》、《水滸》，以次序定爲六才子書，俱別出手眼。

廖燕之見，以爲聖歎評書乃是以標新立異取勝，因爲其議論新穎，出人意表，
而獨特之見又言之成理，頭頭是道，所以能別開生面，樹立新典範，在批評
史上，自有其價值。又清馮鎭巒〈讀聊齋雜說〉也提及金批《西廂》，〔註 1〕
文云：

> 金人瑞批《水滸》、《西廂》，靈心妙舌，開後人之無限眼界，無限文
> 心。

聖歎批書，不僅要人能讀《水滸》、《西廂》，更要人人都能學得此批評手法，
放眼去讀遍天下所有好書，達到金針盡度之批評目的。因此馮鎭巒讚其開啓
後人無限眼界、無限文心，肯定聖歎在這方面的貢獻。

晚清學者，對聖歎亦不乏激賞之論，阿英輯《晚清文學叢鈔·小說戲曲
研究卷》卷四〈小說叢話〉，收集了晚清多家的小說戲曲理論，其中亦有對聖
歎盛爲稱揚者。如浴血生〔註2〕云：

> 自聖歎批《水滸》、《西廂》後，人遂奉《水滸》、《西廂》爲冠，以
> 一概抹煞其他之稗官傳奇，謂捨此更無及得《水滸》、《西廂》者，
> 此亦非也。彼不知天下原不乏《水滸》、《西廂》等書，顧安得如聖
> 歎其人，取而一一讀之，一一批之。

浴血生之意，天下非無好書如《水滸》、《西廂》，而是無如聖歎者，不能將好
書批呈於世人之前，好書遂隱沒而不得見。於是他認爲聖歎「方是眞會讀書
人」，可見他對聖歎之成就極其標榜。〈小說叢話〉又載狄平子之論云：

> 聖歎乃一熱心憤世流血奇男子也。然余於聖歎有三恨焉：一恨聖歎
> 不生於今日，俾得讀西哲諸書，得見近時世界之現狀，則不知聖歎
> 又做何等感情。二恨聖歎未曾自著一小說，倘有之，必能與《水滸》、
> 《西廂》相埒。三恨《紅樓夢》、《茶花女》二書出現太遲，未能得
> 聖歎之批評。

平子甚愛聖歎，故而有此三恨，恨他不能眼見今日動盪之時局，閱讀西方文學；

〔註 1〕 文中馮鎭巒〈讀聊齋雜說〉之文，乃是引自林文山〈評金西廂〉一文，載於
戲曲藝術 1985：三、四期。
〔註 2〕 《晚清文學叢鈔·小說戲曲研究卷》中之人物，眞實名字有些已無法考證，
如狄平子、浴血生，應是以筆名行文，然而姓名無法查悉。

恨他未能自著小說，與《水滸》、《西廂》齊名；恨《紅樓夢》、《茶花女》未能
得聖歎之批評。由此可知，狄平子看重金氏之文學才華，及其獨到之批評手法。

　　《晚清文學叢鈔‧小說戲曲研究卷》又收邱煒菱《客雲廬小說話》，其中
有〈金聖歎批小說十則〉，專論聖歎之文學批評，論點頗為中肯。基本上，他
服膺金氏之文筆，其文云：

　　　　嘗謂天苟假聖歎以百歲之壽，將《西遊記》、《紅樓夢》、《牡丹亭》
　　　　三部妙文一一加以批評，如《水滸》、《西廂》例然，豈非一大快事！
對於聖歎之小說戲曲批評，邱氏相當傾心，他以為「前乎聖歎者，不能壓其
才，後乎聖歎者，不能掩其美。」（十則之七）在小說批評上，金氏是集大成
者，因此惋惜《西遊記》等三書未能得其批評。邱煒菱對金氏之敬慕，顯然
可見，對其批改《水滸》、《西廂》亦持贊許之態度。

　　前面所言，對聖歎所批《西廂》皆給予極高之評價。然而對其批書相當
痛惡之言論，亦不在少數。其中有因聖歎所批者乃是淫書，為此忿恨不平，
這一類之言論，不曾放眼於批評手法，而是基於所批者為淫書，遂認定聖歎
所批一文不值。此種論點的代表人物，首推清代歸莊。他於《玄恭文集》〈誅
邪鬼〉一文〔註3〕云：

　　　　蘇州有金聖歎，其人貪戾放僻，不知禮義廉恥。……又批評《西廂
　　　　記》，余見之曰：此誨淫之書也，惑人心，壞風俗，其罪不可勝誅。
歸莊對聖歎之行事不予苟同，認為放誕不羈，不合禮教。而又批《西廂記》，
公然抬出淫書和禮教相抗衡，不僅蠱惑人心，並且敗壞風俗，可謂罪大惡極。
歸玄恭之論點，全在指責聖歎不該批淫書，他並不曾細讀聖歎所批之《西廂》，
他針對的是《西廂記》，而非聖歎之批語、批法。清梁恭辰《池上草堂筆記》
亦記載當時學者對金批《西廂》之評價。其書卷八載云：

　　　　汪棟香云：「施耐菴成《水滸傳》，奸盜之事，描寫如畫，子孫三世皆
　　　　啞。金聖歎評而刻之，復評刻《西廂記》等書，卒陷大辟，並無子孫。
　　　　蓋《水滸傳》誨盜，《西廂記》誨淫，皆邪書之最可恨者，而《西廂
　　　　記》以極靈巧之文筆，誘極聰俊之文人，又為淫書之尤者，不可不燬。
汪福臣〔註4〕以為《水滸傳》、《西廂記》皆是邪書，而聖歎竟評刻之，罪不可

〔註3〕　《玄恭文集》〈誅邪鬼〉一文，見趙經達《玄恭年譜》一書中，此乃轉引自陳
　　　　登原《金聖歎傳》，頁40。
〔註4〕　汪棟香，生卒年不可考，據梁恭辰《池上草堂筆記》中之記載，字福臣，著

赦，最後落得戮身滅族之下場。汪氏並指《西廂記》爲淫書之尤者，乃此書文筆精巧曼妙，使得聰慧之文人陷於淫欲之中而不覺，故而推爲淫書之首，不可不燬。

前面所提歸莊及汪棣香之評論，乃是從淫書之觀點，否定金批《西廂》之價值，由於所持態度不夠客觀，純是爲反對而反對，只能稱之爲衛道者，而非優秀的評論家。

另一派貶責金批《西廂》之學者，則是深入作品，分析其批評手法，熟悉其批語內容之後，而下定語。如此經過仔細研讀、深思熟慮後再做評論，不致於空泛無據。

清董含《三岡識略‧卷九才子書條》云：

> 吳人有金聖歎者，著才子書，殺青列書肆中，凡《左》、《孟》、《史漢》，下及傳奇小說，俱有評語，其言誇誕不經，諧辭俚句，連篇累牘，縱其胸臆以之評經史，恐未有當也。即以《西廂》一書言之，……乃聖歎恣一己之私見，本無所解，自謂別出手眼，尋章摘句，瑣碎割裂。觀其前所列八十餘條，謂自有天地即有此妙文，上可追配〈風〉、〈雅〉、貫串馬、莊，或證之以禪語；或擬之於制作，忽而吳歌，忽而經典，雜亂不倫。且曰：讀聖歎所批《西廂記》是聖歎文字，不是《西廂》文字。直欲竊爲己有。噫！可謂迂而愚矣，其終以筆舌賈禍也，宜哉！

董含對金批《西廂》之評，可謂鞭辟入裏，他認爲聖歎之批語過於雜亂，一語道破金氏之缺點，金氏才識博通，既通曉經史，又潛研佛學，使得批語儒佛相摻，再加上俚俗吳歌之貫穿其中，略顯蕪雜。而他又對聖歎剽竊他人之文字，據爲己有之行爲，指責爲迂愚之舉。可知董含對金批《西廂》頗有微辭。

而梁廷枏《曲話》及王季烈《螾盧曲談》，對金批《西廂》之評價亦甚差，他們皆認定聖歎不諳曲律，隨意改文，使得韻味盡失，直是《西廂》之大厄。此二人之論點，已見前一章中，此處不多贅言。他們針對聖歎刪改上之缺陋而貶抑批評之其它價值，亦失之偏激。

晚清學者吳梅，繼梁廷枏之說，從曲學之角度作詰難。其《奢摩他室曲話》〔註5〕云：

有《勸燬淫書徵信錄》，乃是錢塘人。

〔註5〕吳梅此書，收於《小說林》第九冊，此文乃轉引自譚帆〈清代金批西廂研究

> 蓋時俗所通行者，非實甫之《西廂》，聖歎之《西廂》也；而讀《西
> 廂》者，則聖歎之《西廂》即爲實甫之《西廂》也，二者交縈，而
> 《西廂記》眞本，乃爲孟浪漢所擯。是今日所行之《西廂》，非眞正
> 之《西廂》，而《西廂》乃竟無傳本。

吳梅感慨《西廂》無傳本，今日所見乃是聖歎之《西廂》，而非實甫之《西廂》，
今人不知兩者相異，判若二書，遂以聖歎之《西廂》即爲實甫之《西廂》，眾
人只知聖歎之《西廂》，不知另有眞本之《西廂》。吳梅痛惜《西廂》無傳本，
詆斥聖歎之批，誤人不淺。文云：

> 《西廂》之工，夫人而知，至其布置之妙，昔人多所未論，惟爲金
> 采所塗竄，又爲之強分章節，支離割裂，而分局布子之法，遂不得
> 見，此亦實甫之一厄也。

此論點即承襲梁廷枏之見解，對金采割裂原文，分章布節之法，極其反感，
認爲破壞了原來布置之妙。他又對聖歎之批評手眼評論云：

> 聖歎以明人之手眼，律元人之科白，以南曲之規律，範北曲之聲律，
> 是獨八股家知小題有規範，而責明文之偭規越矩也。

吳梅認爲科白至明人而始工，元人尚不注意於此，自然容易流於直率粗鄙，
聖歎既然批評元代文學，自應以元人之手眼批評之，方悟其爲神工鬼斧，若
以明代雕巧之標準評品元曲，則過於苛求。而在聲律上，《西廂》本是依北曲
之曲律譜詞，聖歎之批文改曲，或受明代傳奇之影響，無法遵循北曲之格律，
因此常有違反曲律之情形。聖歎一如八股學者講究文法，然元曲靈蕩活潑，
實不爲死板文法所拘。吳梅以爲聖歎藉八股手法批評《西廂》，本爲不當之舉，
竟能通行至今，實料所未及。

　　褒揚金批《西廂》者，多著眼于具體之評述，肯定其藝術鑑賞力。而貶
抑者，乃是從曲學之角度著眼，痛詆聖歎曲律知識之貧乏。兩者所持角度不
同，故而褒貶有異。而最能道盡聖歎之優劣長短，公平而客觀者，首推清初
戲曲大家李漁。李漁《閒情偶寄・塡詞餘論》云：

> 讀金聖歎所評《西廂記》，能令千古才人心死。

李笠翁對金批《西廂》推崇備至，認爲古今無人能及。何以李漁發出此論，
其文又云：

> 自有《西廂》以迄於今，四百餘載，推《西廂》爲塡詞第一者，不

概覽〉一文。

知幾千萬人，而能歷指其所以爲第一之故者，猶出一金聖歎。是作
《西廂》者之心，四百餘年未死而今死矣。不特作《西廂》者心死，
凡千古上下操觚立言者之心無不死矣。人患不爲王實甫耳，焉知數
百年後，不復有金聖歎其人哉！

李漁認爲金批《西廂》之所以冠絕古今，乃在於他將《西廂》絕妙、神奇之
處歷歷指出，以自己詮釋之手法，分析《西廂》緊密之結構、曲折之情節、
優美之文詞，使得豁然明白《西廂》眞爲塡詞之第一。然而自金批《西廂》
出，吾人得見者皆是聖歎意下之《西廂》，至於作者遣詞造句、舖排情節之原
意初心，已在聖歎刪刪改改中喪失殆盡，故李漁明言聖歎出而作者之心死矣，
且千古立言者之心亦死矣。今日所見之金批《西廂》，乃是金氏心目中滿心滿
意之《西廂》，而非《西廂記》之原貌。再者，李漁理智地指出聖歎批改之優
缺。〈塡詞餘論〉云：

聖歎之評《西廂》，可謂晰毛辨髮，窮幽極微，無復有遺議於其間矣。
然以予論之，聖歎所評，乃文人把玩之《西廂》，非優人搬弄之《西
廂》也。文字之三昧，聖歎已得之，優人搬弄之三昧，聖歎猶有待焉。

他稱道聖歎獨到而入微之批評，眼光犀利，手法細膩，超越常人甚高。然而
他也發覺聖歎犯了「以文律曲」之毛病，於是只稱其所評乃爲文人把玩之《西
廂》，而非舞台優人搬演之《西廂》。《西廂》文人著重文詞優美與否，而搬演
之《西廂》則著重曲調和諧與否，著眼觀點不同，批評角度自然有異，聖歎
善用文人眼光批評《西廂》，以文字典雅爲要件，卻無法避免「失韻」之陋，
他對作科、賓白之改易，促使搬演上變得窘迫不順，這是眾所皆知之實。李
漁深知金批之失，卻未一概否定其可取者，仍稱讚其得文字之三昧，也嘆其
未得搬弄之三昧。李漁又云：

聖歎之評《西廂》，其長在密，其短在拘，拘即密之已甚者也。無一
句一字不逆溯其原，而求命意之所在，是則密矣。然亦知作者於此，
有出於有心，有不必盡出於有心者乎。心之所至，筆亦至焉，是人
之所能爲也，若夫筆之所至，心亦至焉，則人不能盡主之矣。

聖歎之批語很細膩，一字一句莫不揣測其意，推溯其原，仔細描摹作者用筆
之巧妙，立意之文心，於是李漁誇讚其長在於手法細密。至於聖歎之缺失，
則是過於細密而陷於拘謹，正因爲思慮細密，字字必有批評，句句必求其文
法，態度甚爲嚴謹。然作者之行文，未必皆出於有心，或得之如行雲流水，

文思泉湧，遂無妨只重大體而不拘小節，聖歎於無心處必求其用心，不僅有附會之虞，且文思流於滯礙拘束，無法體會出文詞之美感。李漁以爲金氏之批評，過於密而流於拘，不否定其優點，亦不掩飾其缺點，立論客觀且中肯。他從批評史上，肯定金批《西廂》之成就，又從曲學之角度上，識破聖歎舞台語言之貧瘠，曲律知識之薄弱，對於批語則愛其密、惡其拘，他這一番見解，將金批《西廂》之優劣分析得周密而不激切，較之前面所提偏頗之論，更有兼容並蓄之雅量。

對於金批《西廂》之評價，李漁採折衷的態度，既無激烈之厲聲斥責，亦非盲目地擁護順從，純粹就事論事，不因《西廂》爲淫書而貶低其成就，不因崇拜聖歎而文飾其過，如此之評論，方是可取且公平之立論。清陸文衡《嗇菴隨筆》卷五〈鑒戒〉云：

> 金聖歎所批《水滸傳》、《西廂記》等書，眼明手快，讀之解頤。微嫌有太褻越處，有無忌憚處，然不失爲大聰明人，每言錦繡才子，殆自道也。

陸氏欣賞金氏批法之明快，其表現或許不盡完美，遭人詬病，但能有如此大手筆之批評，非大聰明人不能爲之也。陸氏之說雖很扼要，精神上和李漁頗爲一致，客觀地評論金批《西廂》的好壞，摒除個人主觀之好惡，方是最適切的評論。

第二節　金批《西廂》對後世之影響

由前述毀譽參半之言論中可得知，清代學者對金批《西廂》之重視，兩極化的評價震撼了當時文壇，掀起一陣論述金聖歎的狂熱，其所批之書，亦成爲眾人注目之焦點。在如此之風氣中，金批《西廂》取代了原來《西廂記》及其它批評本，成爲一枝獨秀之佼佼者，因此金批《西廂》對當時曲壇之影響可想而知，甚至對後學之批書，亦有啓迪之功。

一、金批《西廂》大行其道

由於金批《西廂》在曲論崛起，其它批評本逐漸趨向沈寂，遮掩了明代《西廂記》評點的光彩，清代曲壇研究的熱潮，皆指向金批《西廂》。《暖紅

室匯刻西廂記・董西廂題識》〔註6〕云：

> 《西廂記》世只知聖歎外書第六才子書，若爲古本多不知也。

正因金批本之通行，於是仰慕者紛紛刊刻，一時之間，刻本眾多，不下數十種。茲依陳慶煌《西廂記考述》及傅曉航〈金批西廂諸刊本紀略〉所載，略述於次：

1、清順治貫華堂原刻本：《貫華堂第六才子書西廂記》八卷，傅惜華藏。

2、清康熙八年（1669）刊本：《貫華堂繪像第六才子書西廂記》八卷，傅惜華藏。

3、清康熙四美堂刻本：《貫華堂第六才子書》八卷，中國藝術研究院戲曲研究所藏。

4、清康熙世德堂刻本：《貫華堂第六才子書西廂記》八卷，缺卷四，北京大學圖書館藏。

5、清康熙五十九年（1720）懷永堂刻巾箱本：《懷永堂繪像第六才子書》八卷，私立東海大學圖書館藏。又嘉慶、道光間覆刻本。

6、清康熙間刻本：《增補箋註繪像第六才子西廂釋解》八卷，國立臺灣大學研究圖書館藏。

7、清雍正十一年（1733）成裕堂刻巾箱本：《成裕堂繪像第六才子書》八卷。

8、清乾隆十七年（1752）新德堂刊本：《靜軒合訂評釋第六才子書西廂記文機合趣》八卷，清鄭溫書編。

9、清乾隆三十二年（1767）松陵周氏琴香堂刻本：《琴香堂繪像第六才子書》八卷。

10、清乾隆四十五年（1780）文德堂刻本：《西廂記》八卷。

11、清乾隆五十六年（1791）書業堂刻本：《西廂記》八卷。

12、清乾隆六十年（1795）此宜閣刻朱墨套印本：《此宜閣增訂金批西廂》六卷，清周昂增訂。

13、清乾隆六十年（1795）尚友堂刊本：《繡像妥註第六才子書》六卷，

〔註6〕《暖紅室匯刻西廂記》一書，由夢鳳樓暖紅室校訂，江蘇人民出版社及中國書店，分別於西元 1960 年及 1982 年出版成書。此引暖紅室主人劉世珩之題識，乃是轉引自傅曉航〈金批西廂諸刊本紀略〉一文中，此文章收於《戲曲研究二十輯》，1986 年 11 月。

清鄒聖脈注。

14、清乾隆間樓外樓刊本：《樓外樓訂正妥註第六才子書》七卷，鄒聖脈注，國立中央圖書館藏。

15、清乾隆九如堂刻本：《樓外樓訂正妥註第六才子書》六卷，鄒聖脈注。

16、清乾隆間致和堂刊本：《樓外樓訂正妥註第六才子書》六卷，鄒聖脈注。

17、清乾隆間刊本：《雲林別墅繪像妥註第六才子書》六卷，鄒聖脈注。

18、清乾隆間致和堂刊本：《增補箋註繪像第六才子西廂釋解》八卷，清鄧汝寧注。

19、清乾隆間五車樓刻本：《第六才子書》八卷。

20、清嘉慶五年（1800）文盛堂刊本：《第六才子書西廂記》八卷。

21、清嘉慶二十一年（1816）三槐堂刊本：《槐蔭堂第六才子書》八卷。

22、清嘉慶間致和堂刻本：《吳山三婦評箋註釋第六才子書》八卷。

23、清嘉慶間五雲樓刊本：《增補箋註繪像第六才子西廂釋解》八卷，鄧汝寧注。

24、清道光間文苑堂刊巾箱本：《吳山三婦評箋註釋第六才子書》八卷。

25、清嘉慶、道光間會賢堂刻本：《西廂記》八卷。

26、清嘉慶、道光間四義堂刻本：《西廂記》八卷。

27、清道光二十九年（1849）味蘭軒刊巾箱本：《第六才子書西廂記》八卷，附錄。

28、清金谷園刊本：《第六才子書》八卷，國立中央圖書館藏。

29、清鈔巾箱本：《第六才子書》四卷，國立中央圖書館藏。

30、清刊本：《增像第六才子書》五卷，附錄。

31、清光緒十年（1884）廣州刊本：《繪像第六才子書》八卷，附錄，國立臺灣大學研究圖書館藏。

32、清光緒十三年（1887）上海石印本：《增補箋註第六才子書西廂釋解》八卷，鄧汝寧注。

33、清光緒十三年（1887）古越全城後裔校刊石印本：《增像第六才子書》五卷，附錄。

34、清光緒十五年（1889）潤寶齋石印本：《增像第六才子書》五卷，附

錄。〔註7〕

35、清光緒石印巾箱本：《增像第六才子書》六卷。

以上所錄乃是現今傳存者，可見得當時所讀、所刻，所評者，皆是金聖歎之批本《西廂》，由於他大力地推崇，《西廂》成爲無人不知，無人不曉之絕妙作品。

二、影響爾後之批評家

聖歎重視通俗文學，將《水滸》、《西廂》譽爲才子書，與《莊子》、《史記》齊名，其用意無非是要喚起世人之注意。李漁《閒清偶寄・忌塡塞》云：

> 施耐菴之《水滸》、王實甫之《西廂》，世人盡作戲文小說看。金聖歎特標其名目「五才子書」、「六才子書」者，其意何居？蓋憤天下之小視其道，不知爲古今來絕大文章，故作此等驚人語以標其目。

聖歎對小道文學之大肆宣揚，自然也影響了日後之學者，廖燕〈金聖歎先生傳〉一文便云：

> 先生歿，效先生所評書，如長洲毛序始、徐而菴、武進吳見思、許庶菴爲最著，至今學者稱焉。

毛宗崗（序始）評點過《琵琶記》及《三國演義》。毛批《琵琶記》，前有康熙丙午菿溪浮雲客子〈序〉、毛氏〈自序〉、〈總論〉及〈前賢評語〉、〈參論〉等，其批文則於每齣前有總評，正文有夾評，批評方法幾全承襲金聖歎。他於《琵琶記》自序中亦云：「《西廂》有第六才子之名，今以《琵琶》爲之繼，其即名之以第七才子也可。」毛氏仿聖歎排定六才子書之法，將《琵琶記》列爲第七才子書，並且拿《西廂》和《琵琶》作比較，第七才子書實更勝於第六才子書，可想見毛序始之批書，有意和金氏一爭長短。而其所評《三國演義》則標名爲「貫華堂第一才子書」，並且有「順治歲次甲申嘉平朔日金人瑞聖歎氏題」之序文，無非是挾聖歎以自重，此序文經後人考證係毛氏僞託聖歎之名而寫，〔註8〕正因爲他服膺金氏之評點，故而不僅僞序，且命書名爲

〔註7〕 臺北新文豐出版公司於民國 68 年 10 月出版《增像第六才子書》一書，首頁便附有「光緒己丑仲春月上澣上海鴻寶齋石印」等字樣之石印影本，而光緒己丑年，正好也是光緒十五年，正文所謂「潤寶齋石印本」，不知是筆誤，還是另有一書，無從考證。此依陳慶煌及傅曉航之記載，仍作「潤寶齋」。

〔註8〕 毛宗崗評《三國演義》所附金氏之序，經證實爲毛氏所僞。可參見鄭振鐸〈三國志演義的演化〉，收於《中國文學論集》，台北明倫出版社翻印本。又花菴

《貫華堂第一才子書》，其傾心程度可想而知，而他強調塑造典型人物之重要性，對人物之突出個性加以發揮，的確受到聖歎之影響。

徐增，字子能，乃聖歎之好友，他爲《天下才子必讀書》作序，盛讚其批書之腠理井然。尤其是聖歎運用逐一分解之法，對文字作鞭辟入裏之分析，深深吸引徐氏，進而仿效其法，而有《說唐詩》二十二卷，所錄唐詩三百餘首，一一推闡其作者原意，這無疑是承襲聖歎一貫之批評手法。徐增《而菴詩話》云：

> 聖歎唐才子書，其論律分前解後解，截然不可假借。聖歎身在大光
> 明藏中，眼光照徹，便出一手，吾最服其膽識。

他激賞聖歎批書之一副手眼，尤其是應用於詩律之解說，亦形透徹。因爲對金氏之崇拜，其論詩之觀點，多從聖歎之說推衍得來。

至於吳見思，則仿金氏文筆而作《史記論文》及《杜詩論文》，《史記》和杜詩皆被列爲六才子書之名，而聖歎未有評《史記》之專著，吳見思《史記論文》評註詳密，頗有繼聖歎之心。而《杜詩論文》乃是舉杜詩典故，詳加箋註以明文義，其對章法、句法、字法之詮釋分析，亦得聖歎之精神。至於許庶庵，乃聖歎之好友，《金聖歎書牘》收有答許庶庵之書信，兩人時而討論唐詩，時而討論用筆之訣竅，許氏曾批《穆天子傳》、《西湖三塔記》、《洛陽三怪記》等書，〔註9〕難免也受到聖歎之影響。

聖歎之批書，不僅對前述幾人有啓迪之功，而後世其他之批評者，亦多以聖歎爲圭臬。例如脂硯齋在批點《紅樓夢》時，不止一次提及金聖歎，且衷心佩服金氏之批評才能。如乾隆甲辰（1784）菊月夢覺主人序的八十回本，第三十回中批云：「寫盡寶、黛無限心曲，假使聖歎見之，正不知批出多少妙處。」又正本五十四回批云「噫！作者已逝，聖歎云亡，愚不自諒，輒擬數語，知我罪我，其聽之矣。」〔註10〕可見脂硯齋有意效法金氏之批評手法。

因爲金人瑞在評點上的卓越表現，成爲批書中之翹楚，尤其是批改《西

〈評訂三國志演義的毛聲山〉，收於《三國演義》附錄，台北河洛圖書出版社，民69年。

〔註 9〕對於許庶庵之生平，除聖歎所載字「之溥」，餘皆不詳，至於所批之書，亦無法考證，資料乃轉引自陳香〈談金聖歎式的批評〉一文所記載。此文收于《書評書目》十一期，63 年 3 月。

〔註10〕此脂硯齋之批語，乃引自陳慶浩《紅樓夢脂硯齋評語輯校》，香港中文大學出版。

廂》，不僅展現了批書之才華，更重新塑造《西廂》之形象，擺脫淫書之陰影。且其重視戲曲小說之意義著實不凡，他以文學欣賞之眼光評價通俗文學，別於一般消遣之心態，爲戲曲小說文學尋找公平客觀之定位，也爲這般作家一吐心中抑鬱不平之怨氣，使人明瞭除詩文經典外，尚有曲折動人之戲曲、小說，能夠繼承詩文，躍升爲時代文學之主流，傳誦千古，名垂青史。除此，聖歎重視人物性格之統一，將人物作爲文學本身之主體，把性格分析作爲戲曲批評之中心，突破以往品評詞藻、咀嚼音律之鑒賞，啓發後世更多樣且更客觀之批評方式。

綜觀後人對聖歎之評價，由於各自戲曲觀念不同，評價自然有異。從文學角度來看，順循金氏之思維方式者，便贊賞有加；從曲學角度著眼，和聖歎思維方式多所悖離者，便大肆毀訾。然而不論各人對其評價如何，其批書之正面價值是不容置疑，在評點文學上，他仍是一枝獨秀，有著屹立不搖之地位。

第六章　結　論

　　聖歎其人，或傳鬼神所降，或歎爲文曲再生，縱然臨死，亦談笑自若，豪氣不減，一生皆充滿神奇色彩。而其批評文學之尺度，亦如其人，大抵率性爲之，極力推崇小說戲曲，將《水滸》、《西廂》視爲第五、第六才子書。此番驚世駭俗之舉，喚起當時學者對小道文學之注意，扭轉以往之迂愚想法。向來讀書人總把小說戲曲之書視爲小道，《漢書藝文志》於〈諸子略〉中便云：

　　　　小說家者流，蓋出於稗官。街談巷語、道聽塗說者之所造也。孔子
　　　　曰：「雖小道，必有可觀者焉，致遠恐泥，是以君子弗爲也。」

受到這論點之影響，文人皆認爲小說一類之書，誣罔不足信，不足掛齒。然而綜覽元明之文壇，小說戲曲已成爲大規模創作之文學作品，投注心血精神於其間者，不計其數，早已取代詩詞，躍爲文學主流，若再以往昔小道論點觀之，則態度偏頗，有失客觀矣！其實作品體制無有高下，只要能夠發揮性情才學，不論是詩詞、戲曲，都可以產生千古不朽之傑作。聖歎評改《水滸》、《西廂》，用心深遠，他以寬廣之眼光，放眼古今，取其絕佳者，命爲六才子書，不因小道而廢之，皆能全神貫注，批評入微。正因金氏有此理性之批評態度，能夠超越以往之淺見，對小說戲曲付予更多之關懷，故其批書之成就，亦超越前代之批評者，凌駕諸家之上，而後世之批評者，又奉爲圭臬，儼然成爲批評文學界之大宗師。

　　金批《西廂》之動機，據他本人所言，一爲消遣，二爲留贈後人。他因感慨人世之無奈，故而消遣人生；又恐後人思己而無以爲贈，遂取一書，其力可以至於後世者，此書便是《西廂》。《西廂》本被視爲「淫書」，多烘學究避之惟恐不及，聖歎竟譽爲天地妙文，令當世費解。其實，聖歎批改《西廂》

之態度堪稱明達，他提出「事為文料說」，解釋《西廂》之為淫，乃因〈酬簡〉中張、崔二人結合之曲文稍嫌露骨，然而此事乃天地間自然之事，豈可謂淫事？且事本為文之材料，又豈可因事廢文？聖歎以為淫者謂之淫，書並非淫書，而是淫心之作祟。金氏之辯淫，不失為中肯之言，以此態度賞析《西廂》，方能免於偏頗之見，而盡得其書之妙。

聖歎批改《西廂》之特色乃在統一人物性格，著重在人物心理之描摹，尤其對鶯鶯更是偏袒。他認為一部《西廂記》只為寫鶯鶯一人，其餘人物皆是為之而設，且其形象必是最尊貴、最秉禮、最至情之佳人國艷，若是違背了這種形象，聖歎莫不傾力為之辯解，甚至刪改原文亦在所不惜。在批評過程中，聖歎往往設身處地為劇中人物著想，將自己融入其中，用心去體會主角人物之內心掙扎，而有入微之刻畫，在剖析人物之性格上，聖歎可說是相當用心。

除了以人物形象為批評中心外，聖歎亦講究文法，他歸結《西廂》之創作方法，指示讀書之要領，藉八股之義法，闡發舖排之技巧，不僅能寓創作于鑒賞中，以達金針度人之效，亦可引起八股學者之興趣，開展《西廂》流傳之層面，一舉兩得。對於聖歎之批評，胡適認為流於八股，是有害的，〔註 1〕然而明代文壇，八股鼎盛，歷久不衰，聖歎身處明末之際，豈能不受時風影響？若要《西廂》名聞遐邇，不免要投當世之所好。自身既受八股評文之薰陶，文壇猶是八股天下，自然難脫八股手法，但其獨以人物塑造為重點，摹神敘事之妙筆，又與八股手法迴異，若是以偏概全，全盤否定批評上可取之處，則立論失之嚴苛矣！

後世對聖歎詬訾較嚴厲者，大抵是針對他刪改《西廂》及斷偽續四章之見解，而發出異議，聖歎對曲文賓白之潤飾，乃是基於主觀之審美意識，為符合人物性格而修改，為通情理而修改，為求生動優美而修改，一切皆為符合文學美感。甚至偽續四章，據他所言，是因結構上、情節上、人物上皆出現紕漏而論斷非王實甫所作。從〈驚夢〉一折中，金氏特意地玄虛，大談人生如夢之哲理，有意將《西廂》止於「夢」醒，正如《水滸》止於「驚惡夢」

〔註 1〕 胡適〈水滸傳考證〉一文中云：「金聖歎用了當時選家評文的眼光來逐句批評《水滸》，遂把一部《水滸》凌遲碎砍，成了一部十七世紀眉批夾註的白話文範。……這種機械的文評正是八股選家的流毒，讀了不但沒有益處，並且養成一種八股式的文學觀念，是很有害的。」胡適以為聖歎逐句解釋之批評手法，是八股之餘毒，讀了只是有害而無益。

一般，意在揭示「大夢」之理念，勸人莫太執著於世俗間的羈絆。王實甫《西廂》意在突破封建制度之婚姻，追求愛情之自由，聖歎之批改《西廂》意在誨人愛慾情愁，原是黃粱一夢，執迷終究是空。既然二人立意不同，所出《西廂》之面貌自然不同，錢玄同亦云：〔註2〕

> 金聖歎實在喜歡亂改古書。劉世珩校刊關、王原本《西廂》，我拿來和金批本一對，竟變成兩部書。

既然判若兩書，何不視為兩書呢？二書相較，固然可以明辨金批本之憑依及故事脈絡，單獨欣賞金批本，又未嘗無聖歎之心血，創見？將金批本獨立成一書，脫離原本《西廂》，如此所作之研究，方可呈現聖歎之批評理念，而不致蹈前人之覆轍，再次冤苦聖歎。至於偽續四章，聖歎之前眾說紛紜，聖歎之後，更是各執己見，莫衷一是，無法有確切之定論。偽續之見，乃是金氏由藝術觀點所推之論，並無證據為輔，故信其說者信之，可也；不信其說者誣之，亦無妨也。

　　研究金批《西廂》，並非歌頌聖歎之批書，亦無意為之翻案，只是就批評觀點作探究罷了。可取處，不吝稱其美，淺陋處，未嘗為之掩過，至於其價值及其影響，則借重前人之箴言，或附以己見，冀能得一周全不偏之評價。戲曲雖非經世治國之大文章，卻也是至情至真之文學作品，其感人肺腑，直追詩詞。而聖歎雖非雅士，其體情之深，頗能動人心絃。以金批《西廂》為論，一來為《西廂》立名，願戲曲文學能重領風騷，受眾人矚目，二則為聖歎立心，盼後世了解其用心，讀好書，批好書，莫讓千古文學佳作沈淪於今日無知之世界，而萬劫不復，如此則不枉負當時聖歎批改《西廂記》之一片苦心矣！

〔註2〕此引文轉引自胡適〈水滸傳考證〉一文中，此篇文章收於《胡適文集》第一集第三卷《水滸傳與紅樓夢》一書中，遠流出版社印行。

參考書目

本論文參考書目編列之次序，首爲《西廂記》版本及其相關著作；次爲金批《西廂》版本、聖歎著作及其相關著作，依序排列。三則分文學史、批評史、戲曲史，依其性質排列。四乃是曲論、詩話、詞話、文論之書，依性質及書之時代先後排列。五則依序列經、史、子書及文集，按書之時代先後爲次。末列期刊與論文，各以發表年月先後次序排列。

1. 《奇妙全相注釋西廂記》，〔元〕王德信，台灣世界影明弘治本，民國65年7月。
2. 《新校注古本西廂記》，〔明〕王驥德校，台北中圖藏明香雪居刊本。
3. 《鼎鐫陳眉公先生批評西廂記》，〔明〕陳繼儒評，台北中圖藏明蕭騰鴻刊本。
4. 《西廂記》，〔明〕凌濛初校，台北故宮藏明凌氏朱墨套印本。
5. 《槃薖碩人增改定本西廂記》，〔明〕槃薖碩人，台北，廣文影本，民國71年8月。
6. 《西廂記會真傳》，〔明〕湯顯祖評、沈璟訂，台北中圖藏明閔氏朱墨藍三色套印本。
7. 《張深之先生正北西廂秘本》，〔明〕張深之正，台北故宮藏明崇禎序刊本。
8. 《李卓吾先生批點西廂記眞本》，〔明〕李贄評，台北中圖藏明崇禎刊本。
9. 《三先生合評元本北西廂》，〔明〕李贄、湯顯祖、徐渭評，台北故宮藏明崇禎刊本。
10. 《重刻訂正元本批點畫意北西廂》，〔明〕徐渭評，台北故宮藏明崇禎刊本。

11. 《新刻魏仲雪先生批點西廂記》，〔明〕魏浣初評，台北中圖藏明崇禎存誠堂刊本。

12. 《繡刻北西廂記定本》，〔明〕毛晉編，台灣開明影明崇禎六十種曲本。

13. 《西廂記諸宮調》，〔金〕董解元，台北，世界影本。

14. 《西廂記——董王合刊本》，〔金〕董解元、〔元〕王實甫，台北，里仁影本，民國 70 年 12 月。

15. 《明刊本西廂記研究》，蔣星煜，北京，中國戲劇，1982 年 7 月。

16. 《西廂論稿》，段啓明，四川，人民文學，1982 年 10 月。

17. 《明刊本西廂記全圖》，上海人民美術，1983 年 5 月。

18. 《西廂記說唱集》，傅惜華，上海，古籍，1986 年 8 月。

19. 《西廂記考證》，蔣星煜，上海，古籍，1988 年 8 月。

20. 《西廂記鑑賞辭典》，賀新輝、朱捷，北京，中國婦女，1990 年 5 月。

21. 《第六才子書》，金聖歎，台北中圖藏清金谷園刊本。

22. 《第六才子書》，金聖歎，台北中國藏舊鈔巾箱本。

23. 《樓外樓訂正妥註第六才子書》，〔清〕鄒聖脈註，台北中圖藏清初原刻本。

24. 《增像第六才子書》，金聖歎，台北新文豐影光緒上海鴻寶齋石印本。

25. 《貫華堂第六才子書西廂記》，金聖歎，甘肅，人民，1985 年 6 月。

26. 《第六才子西廂記》，金聖歎，台北，文光影本，民國 54 年 6 月。

27. 《金聖歎全集》，金聖歎，台北，長安，民國 75 年 9 月。

28. 《聖歎選批唐才子詩》，金聖歎，台北，正中，民國 45 年。

29. 《天下才子必讀書》，金聖歎，台北，書香，民國 67 年。

30. 《金聖歎尺牘》，金聖歎，台北，廣文影本，民國 78 年 8 月。

31. 《金聖歎傳》，陳登原，香港，太平，民國 52 年 4 月。

32. 《金聖歎考（心史叢刊二）》，孟森，香港，中國古籍，民國 52 年。

33. 《金聖歎的狂誕》，郁愚，台北，希代，民國 74 年。

34. 《金瓶梅與金聖歎》，高明誠，台北，水牛，民國 77 年 7 月。

35. 《十大文學畸人》，陳允吉，上海，古籍，1989 年 8 月。

36. 《中國文學史》，葉慶炳，台北，學生，民國 73 年 9 月。

37. 《校訂本中國文學發展史》，劉大杰，台北，華正，民國 73 年 8 月。

38. 《中國文學批評》，方孝岳，台北，清流，民國 60 年 11 月。

39. 《中國文學批評史大綱》，朱東潤，台北，開明影本，民國 59 年。

40. 《中國文學批評家與文學批評》，朱東潤，台北，學生，民國 73 年。

41. 《中國文學批評史》，劉大杰，台北，文匯堂影本，民國 74 年 11 月。

42. 《中國文學批評史》，郭紹虞，台北，藍燈影本，民國 77 年 10 月。

43. 《明清文學批評》，張健，台北，國家，民國 72 年 1 月。

44. 《清代文學評論史》，青木正兒著、陳淑女譯，台北，開明，民國 58 年。

45. 《中國戲曲通史》，張庚、郭漢城，台北，丹青，民國 74 年 12 月。

46. 《中國戲劇學史稿》，葉長海，台北，駱駝，民國 76 年 8 月。

47. 《中國戲劇發展史》，台北，學藝影本，民國 69 年 4 月。

48. 《論中國戲劇批評》，夏寫時，濟南，齊魯，1988 年 10 月。

49. 《中國戲曲史漫話》，吳國欽，台北，木鐸，民國 72 年 8 月。

50. 《元人雜劇序說》，青木正兒著、隋樹森譯，台北，長安，民國 70 年 11 月。

51. 《元雜劇研究概述》，寧宗一等，天津，教育，1989 年 7 月。

52. 《元曲六大家研究資料彙編》，台南，僶勉影本，民國 67 年 6 月。

53. 《中原音韻》，〔元〕周德清，台北，藝文影本，民國 68 年 3 月。

54. 《唱論》，〔元〕燕南芝菴，台灣中華影新曲苑本，民國 59 年 8 月。

55. 《太和正音譜》，〔明〕朱權，台北，學海影本，民國 69 年 9 月。

56. 《四友齋曲説》，〔明〕何良俊，新曲苑本。

57. 《曲律》〔明〕王驥德，台北藝文叢書集成五四。

58. 《王氏曲藻》，〔明〕王世貞，新曲苑本。

59. 《少室山房曲考》，〔明〕胡應麟，新曲苑本。

60. 《三家村老曲談》，〔明〕徐復祚，新曲苑本。

61. 《堯山堂曲紀》，〔明〕蔣一葵，新曲苑本。

62. 《顧曲雜言》，〔明〕沈德符，台灣商務影印文淵閣四庫全書本。

63. 《笠翁劇論》，〔清〕李漁，新曲苑本。

64. 《易餘籥錄》，〔清〕焦循，台北文海國學集要初編十種。

65. 《劇説》，〔清〕焦循，台北，商務人人，民國 62 年 12 月。

66. 《雨村劇話》，〔清〕李調元，新曲苑本。

67. 《曲話》，〔清〕梁廷枏，台北商務萬有文庫薈要。

68. 《螾廬曲談》，〔清〕王季烈，台北，商務人人，民國 60 年。

69. 《顧曲麈談》，〔清〕吳梅，台北，商務人人，民國 62 年 8 月。

70. 《曲海揚波》，〔清〕任訥，新曲苑本。

71. 《曲錄》，王國維，台北，藝文影本，民國 60 年 1 月。

72. 《論曲五種》，王國維，台北，藝文影本，民國 60 年。

73. 《錦堂論由》，羅錦堂，台北，聯經，民國 68 年 11 月。

74. 《古典戲曲聲樂論著叢編》，傅惜華，北京，人民音樂，1983 年 1 月。

75. 《玉輪軒曲論新編》，王季思，北京，中國戲劇，1983 年 5 月。

76. 《五大名劇論》，董每戡，北京，人民文學，1984 年 12 月。

77. 《曲論探勝》，齊森華，上海，華東師大，1985 年 4 月。

78. 《南濠詩話》，〔明〕都穆，台北藝文百部叢書集成二九。

79. 《而庵詩話》，〔清〕徐增，台北藝文影印清詩話本，民國 60 年 10 月。

80. 《西河詞話》，〔清〕毛奇齡，台北新文豐詞話叢編，民國 77 年 2 月。

81. 《善本劇曲經眼錄》，張棣華，台北，文史哲，民國 65 年 6 月。

82. 《小說考證》，蔣瑞藻，上海，古籍，1984 年 7 月。

83. 《中國古代藝文思想漫話》，徐壽凱，台北，木鐸，民國 75 年 1 月。

84. 《清代詩學初探》，吳宏一，台北，學生，民國 75 年 1 月。

85. 《古典小說藝術新探》，鄭明娳，台北，時報，民國 76 年 12 月。

86. 《水滸傳與紅樓夢》，胡適，台北，遠流，民國 77 年 9 月。

87. 《紅樓夢脂硯齋評語輯校》，陳慶浩，香港，中文大學。

88. 《晚清文學叢鈔小說戲曲研究卷》，梁啓超等，台北，新文豐，民國 78 年 4 月。

89. 《詩經》，台北藝文影阮刻十三經注疏本。

90. 《周禮》，十三經注疏本。

91. 《周易》，十三經注疏本。

92. 《左傳》，十三經注疏本。

93. 《漢書藝文志》，〔漢〕班固，台北，世界影本，民國 74 年 3 月。

94. 《史記論文》，〔清〕吳見思，台北，中華，民國 59 年 11 月。

95. 《金陵瑣事》，〔明〕周暉，台北中圖藏明萬曆三十八年原刊本。

96. 《文史通義》，〔清〕章學誠，台北，華世，民國 69 年 9 月。

97. 《辛丑紀聞》，〔清〕無名氏，台北，文海影本，民國 56 年。

98. 《碑傳集補》，〔清〕閔爾思，台北，文海影本，民國 62 年。

99. 《元明清三代禁毀小說戲曲史料》，王曉傳，台北，河洛影本，民國 69 年 1 月。

100. 《清代七百名人傳》，蔡冠洛，台北，文海影本，民國 60 年。

101. 《老子道德經》，台灣商務四部叢刊正編，民國 68 年 11 月。

102. 《莊子集解》，〔清〕王先謙，台北，華正影本，民國 74 年 6 月。

103. 《列子》，〔晉〕張湛，台北，藝文影本，民國 60 年。

104. 《羯鼓錄》，〔唐〕南卓，台灣商務影印文淵閣四庫全書本。

105. 《貫華堂第一才子書》，〔清〕毛宗崗，台北中圖藏朝鮮刊本。

106. 《三岡識略》，〔清〕董含，台北中圖藏舊鈔本。

107. 《乾隆甲戌脂硯齋重評石頭記》，〔清〕脂硯齋，台北，胡適紀念館，民國 64 年 12 月。

108. 《柳南隨筆》，〔清〕王應奎，台北，廣文影本，民國 58 年 1 月。

109. 《蟲鳴漫錄》，〔清〕采蘅子，台北，廣文影本，民國 58 年 1 月。

110. 《嗇庵隨筆》，〔清〕陸文衡，台北，廣文影本，民國 58 年 1 月。

111. 《茶香室叢鈔續鈔三鈔》，〔清〕俞樾，台北，廣文影本，民國 58 年 9 月。

112. 《池上草堂筆記》，〔清〕梁恭辰，台北，廣文影本，民國 59 年 12 月。

113. 《賴古堂尺牘新鈔》，〔清〕周亮工，台北，中華影本，民國 61 年 1 月。

114. 《文心雕龍注》，范文瀾，台北，學海影本，民國 69 年 9 月。

115. 《詩品》，〔梁〕鍾嶸，台北，金楓，民國 75 年 12 月。

116. 《古文關鍵》，〔宋〕呂祖謙，台北，廣文影本，民國 59 年 10 月。

117. 《雍熙樂府》，海西廣氏，台灣商務影印文淵閣四庫全書本。

118. 《說唐詩》，〔清〕徐增，台灣商務影印文淵閣四庫全書本。

119. 《杜詩論文》，〔清〕吳見思，台灣商務影印文淵閣四庫全書本。

120. 《錄鬼簿新校注》，馬廉，台北，世界影本，民國 53 年 9 月。

121. 《琵琶記》，〔元〕高明，台北，文光影本，民國 59 年 9 月。

122. 《焚書》，〔明〕李贄，台北，河洛影本，民國 63 年。

123. 《元曲選》，〔明〕臧懋循，台北，中華影本，民國 55 年。

124. 《曾文正公全集》，〔清〕曾國藩，台北，世界影本，民國 74 年 5 月。

125. 《欽定曲譜》，清聖祖，台灣商務影印文淵閣四庫全書本。

126. 《曲海總目提要》，〔清〕黃文暘，台北，新興影本，民國 56 年。

127. 〈論西廂記〉，徐朔方，《文學遺產選集》一，1956 年 1 月。

128. 〈金聖歎批改西廂記的反動意圖〉，霍松林，《文學遺產選集》一，1956 年 1 月。

129. 〈關於金聖歎〉，劉心皇，《作品》一：三，民國 57 年 12 月。

130. 〈再談金聖歎〉，劉心皇，《作品》一：六，民國 58 年 3 月。

131. 〈金聖歎〉，高陽，《作品》三：四，民國 59 年 1 月。

132. 〈談金聖歎式的批評〉，陳香，《書評書目》十一，民國 63 年 3 月。

133. 〈金批西廂記讀後〉，姚堯，《中外文學》三：二，民國 63 年 7 月。

134. 〈論金聖歎的批評方法〉，陳香，《書評書目》十七～二〇，民國 63 年 9

～12 月。

135. 〈我國傑出的啓蒙思想家金聖歎〉，張國光，《江漢論壇》，1979：1。

136. 〈記金聖歎〉，何默，《中華文藝》十八：一，民國 68 年 9 月。

137. 〈有比較才能鑒別——金西廂優于王西廂之我見〉，張國光，《文學評論叢刊》三，1979。

138. 〈論徐士範本西廂記——明版各本西廂記的一個比較研究〉，蔣星煜，《中華文史論叢》一，1980：1。

139. 〈從第六才子書看金聖歎的文藝觀〉，江巨榮，《古代文學理論研究叢刊》二，1980 年 7 月。

140. 〈傑出的古典戲劇評論家金聖歎——金本西廂記批文新評〉，張國光，《古代文學理論研究叢刊》三，1981 年 3 月。

141. 〈論金聖歎評改西廂〉，林文山，《社會科學研究》，1981：5。

142. 〈我國古典美學思想的一個突破——金聖歎的人物性格說〉，郭瑞，《文藝研究》，1982：2。

143. 〈金聖歎的人物性格論〉，羅德榮，《南開大學學報》，1982：4。

144. 〈金聖歎的生平、人生態度和文學觀〉，何滿子，《中華文史論叢》，1983：2。

145. 〈西廂曲論辨誤〉，張人和，《東北師大學報》，1983：4。

146. 〈試評金聖歎的文學形象與典型論〉，卓支中，《暨南學報》，1983：4。

147. 〈我國古代小說理論發展的線索——兼論金聖歎在文學批評史上之地位〉，張國光，《武漢師範學院學報》，1984：3。

148. 〈清評點派論人物描寫〉，蔡國梁，《文藝理論研究》，1984：3。

149. 〈明人批評西廂記述評〉，么書儀，《中國古典文學論叢》第一輯，1984 年 12 月。

150. 〈金聖歎評點西廂記的戲劇藝術觀〉，周書文，《北京師院學報》，1985：2。

151. 〈評金西廂（上、下）〉，林文山，《戲曲藝術》，1985：3、4。

152. 〈金聖歎的評點風格〉，徐立，《華南師範大學學報》，1985：4。

153. 〈略說金聖歎的戲曲美學思想——金批本西廂記校注札記〉，張之中，《中華戲曲》第一輯，1986 年 2 月。

154. 〈金聖歎論西廂記的寫作技巧〉，傅曉航，《中華戲曲》第二輯，1986 年 10 月。

155. 〈金聖歎史料辨正〉，金德門，《中華文史論叢》，1986：3。

156. 〈金批西廂諸刊本紀略〉，傅曉航，《戲曲研究》二十，1986 年 11 月。

157. 〈金聖歎論戲劇人物典型化〉，謝柏良，《湖北大學學報》，1987：2。

158. 〈金聖戲曲人物理論爭議〉，譚帆，《文學遺產》，1987：2。

159. 〈明清劇壇評點之學的源流〉，吳新雷，《藝術百家》，1987：4。

160. 〈金聖歎研究的又一成果——讀張國光校注金聖歎批本西廂記〉，祝風梧，《湖北大學學報》，1987：5。

161. 〈西廂記之西廂考〉，蔣星煜，《中華戲曲》第五輯，1988：1。

162. 〈論西廂記的評點系統〉，譚帆，《戲劇藝術》，1988：3。

163. 〈我國古代戲曲修辭論的奇葩——金聖歎的評點修辭〉，宗廷虎，《語言教學與研究》，1988：3。

164. 〈西廂記第五本不是王實甫之作〉，蔡運長，《戲曲藝術》，1988：4。

165. 〈金聖歎人物理論新探〉，高小康，《文藝理論研究》，1988：5。

166. 〈金聖歎事跡繫年〉，嚴雲受，《文史》總二九，1988。

167. 〈金聖歎戲曲批評爭議〉，周曉痴，《湖北大學學報》，1989：1。

168. 〈論西廂記系統的文化內涵〉，賀光連，《湖北大學學報》哲社版，1989：2。

169. 〈八股文與明清戲曲〉，黃強，《文學遺產》，1990：2。

170. 〈清代金批西廂研究概覽〉，譚帆，《戲劇藝術》，1990：2。

171. 〈明代戲劇人物論的整體研討〉，謝柏梁，《戲劇藝術》，1990：2。

172. 《金聖歎評改水滸傳研究》，康百世，政大中研所碩士論文，民國 60 年。

173. 《李贄之文論》，陳錦釗，政大中研所碩士論文，民國 60 年。

174. 《金聖歎的文學批評考述》，陳萬益，臺大中研所碩士論文，民國 62 年。

175. 《西廂記考述》，陳慶煌，政大中研所碩士論文，民國 63 年。

176. 《西廂記故事的演變——以鶯鶯傳、董西廂、王西廂為例》，湯璧如，輔大中研所碩士論文，民國 74 年。

177. 《西廂記之版本及其藝術成就》，曾瓊連，臺灣師大國研所碩士論文，民國 75 年。

附錄一 「旗山」地名沿革與其文化傳承

摘 要

　　談到「旗山」，似乎大家都停留在「香蕉」、「枝仔冰城」的印象中，的確「旗山」是一個兼具傳統與創新的鄉鎮，創造了不少觀光商機。但當我們悠遊在這古城之中，我們對它的了解實在有限。

　　在此，我並不從經濟發展的角度來探索旗山，而是將重點鎖定在「旗山」的人文特色上，首先從「旗山」的地名沿革著手，探討其舊稱，以及文化發展的歷史脈絡；再者談及「旗山人」的文化傳承，包含發揚文學風氣的詩社、作家及文史工作者，從中了解旗山人耕耘文化的苦心，並分析其影響。藉以欣賞另一種不同風貌的旗山，讓我們對這個高雄山城，有更深入的認識。

　　關鍵詞：旗山、羅漢門、蕃薯寮、旗峰詩社、旗山奇

一、前 言

　　「旗山」自古以來一直是台南、高雄間往來之重要城鎮，對我們而言，它僅止於「過客」：往北，經內門而至台南；往東，銜接著流露客家風情的美濃。「不是歸人」的旅者，或許曾經暫歇吃個「枝仔冰」，或路邊停車買個名產——「香蕉」，腳步總是匆忙。當我們取道於它的便利，似乎也該稍微佇足下來，仔細欣賞它散發的幽幽古情吧！

　　長久以來，「旗山」的光芒總被鄰近的「美濃」所遮掩，的確，在客家文化的致力推展、當地人士的社區營造、離鄉遊子重回故鄉創業等因素下，「美濃」的發光發熱，是全台有目共睹的。因此，旗山人默默走著自己的路，一

步一腳印的牛步耕耘，便稍顯黯淡無光了。其實「用腳愛旗山－認識鄉土、從腳下開始」〔註1〕的態度，不迷失於虛華不實的光環之中，這才是旗山人所追求的精神。

「旗山」的文化工作其實不曾間斷過，令人欣喜的是，在新世代的現代文學潮流下，大家都順勢發展新文學的創作與傳承，但「旗山」的文化工作者卻能逆勢而爲，深耕古典文學這塊土地，那份愚公移山的堅持，繼續傳承著，也使最令人感動的地方。

文中從兩方面探討旗山的風貌，一是溯源的部份，藉由歷史脈絡，走進旗山古城，見證這個鄉鎮的成長；另一方面從文化工作著眼，介紹當地悠久的詩社及新興的網站，在新舊不同的世界中，旗山同樣展現它迷人而特別的丰采。希望藉由此文，拋磚引玉，喚起更多人對「旗山」的重視。

二、「旗山」舊稱溯源

在探討「旗山」的人文特色之前，我們必須要體認到「旗山」豐厚的文化淵源。旗山和其他的新興城鎮不同，它的價值乃奠基在歷史的開拓與傳承，因此，唯有了解它的文化脈絡，才能理解文化工作者的執著。

「旗山」隸屬於高雄縣，位居高雄縣中部，東鄰美濃，北接內門，倚著內門丘陵，西與田寮、大樹相通。位於楠梓仙溪出山之處，爲山區居民必經之地。由於水源充沛，氣候溫暖，成就了農業的發展，又因是南來北往之要衝，也帶動商業之繁榮。

「旗山」爲古之山城，開發甚早，有說是明朝時平埔族人爲避漢人而逃至內門、旗山一帶，入墾旗山溪谷，〔註2〕可說明旗山悠遠的文明史。而眞正對旗山的開發有詳實記載的，還是要到清代的時候，清代有計畫的經營台灣，行政區有了明確的規劃，旗山也日漸發展。

（一）羅漢門莊外門

旗山歷經縣制的沿革，名稱也多所變革，〔清〕靳治揚主修、高拱乾纂輯

〔註1〕 此文引自柯坤佑老師所架設的網站——「旗山奇」中的網頁上的標題。

〔註2〕 對於旗山的開發史，可推至明史中的記載，據傳太監王三保奉旨下南洋，遇風漂至臺灣，由台南鹿耳門附近登陸，因平埔族人反抗，打敗平埔族人（應屬居路竹、茄萣大傑顛社人），大傑顛社人逃往田寮、內門、旗山溪州（頂社），再建大傑顛社。可窺旗山之開發。

的《臺灣府志》十卷（康熙三十五年序刊補刻本）中便記錄了「臺灣縣」的山川：

> 羅漢門山：在縣治東六十里。四山環繞，有內門、外門。

「羅漢門莊」開發的歷史悠遠，其鄰近庄里受其影響，也陸續發展。

清‧黃叔璥《台海使槎錄》云：

> 羅漢門在郡治之東，自猴洞口入山，崇岡複嶺……越嶺即爲外門，
> 去大傑巔社十二里，中有民居，為施里庄，北勢庄……

「大傑巔社」乃爲番社，位於羅漢門外，當時移居「外門」的漢人，先是代納社餉而招佃墾耕，但和生番時有衝突。由清‧薛志亮總裁，謝金鑾、鄭兼才總纂的《續脩臺灣縣志》（嘉慶十二年刻成）卷一「街里」的記載：

> 羅漢門莊（考：距城六十里有街曰蕃薯寮街，舊屬鳳山，雍正十二
> 年改歸。）……番民曰大傑巔社（考：距城六十五里，今番民移在
> 隘口，社近番薯寮。）

在書中的「臺灣縣境圖」，也明顯標示「旗尾山」，隔著「淡水溪」和「蕃薯寮街」、「大傑巔社」相望，。因此，地緣關係推論，所謂的「外門」、「大傑巔社」，都和今日的「旗山」腹地相近。從文獻中的記載，我們大約了解旗山的開發概況，但確切的縣治名稱終究未定，走出「羅漢門莊」，和「大傑巔番社」的交涉，已經奠定了旗山的人文發展。

（二）蕃薯寮街

前者雖然談及旗山的開發，仍侷限在推測判斷，並未眞正出現有關旗山的舊稱郡治，根據《乾隆中葉台灣輿圖》及清乾隆二十九年刊行、王瑛曾《（重修）鳳山縣志》的地圖插圖，已出現溪州庄、楠仔腳、北勢庄、蕃薯寮等聚落，而清嘉慶十二年《續脩臺灣縣志》一書的增補，也出現「蕃薯寮街」的名稱，旗山鎮的雛形也漸漸出現。

更而據《臺灣史》書中對清代治臺的資料彙集，談及「臺灣縣」的縣丞、巡檢沿革：

> 羅漢門巡檢：乾隆五十四年，由羅漢門縣丞改設，駐羅漢門，隸臺
> 灣縣。嘉慶十六年，移駐蕃薯寮（今高雄縣旗山鎮）。

由此可知，當時政治中心已由「羅漢門」漸漸轉移至「蕃薯寮」。之後臺灣在歷經馬關條約，割讓日本，進入日治時代，南部的發展並未停頓下來，甚至在產業的需求下，有新的展望。

　　在日人村上玉吉編的《南部臺灣誌》，日本昭和九年（1940）排印本，此書對日治中的旗山沿革則有較明確之記載，一則追溯清代對旗山的開墾：

　　　　光緒 12 年，設蕃薯寮撫墾局。

另又在「產業」篇章中，述及南部的街市：

　　　（安平縣）蕃薯寮街：（所在地名）羅漢外門里（旗山）

書中明白標示「羅漢外門里」即今之「旗山」，再往前追溯種種清代對臺的開發史，旗山悠久的歷史，不言而喻。

　　至於當時何以稱為「蕃薯寮」，據《旗山郡要覽》一書的記載，傳說是在羅漢內門，通往台南府城的山路旁，有位老太婆搭建茅草寮，賣蕃薯湯給行旅者止飢，久之，路人便稱之為「蕃薯寮庄」，傳說未必確實，但卻能為這山城添加幾許趣味。

（三）旗　山

　　如果真正要探討「旗山」名稱的沿革，在《旗山郡要覽》這本書中，應算是記錄極為詳實。《旗山郡要覽》一書乃是蒐集昭和八、九、十二、十六年（1933、1934、1937、1941 年）「旗山郡」的官方資料，由旗山郡役所編輯而成。書中所謂的「旗山郡」已包含「旗山街」、「美濃庄」、「六龜庄」、「杉林庄」、「甲仙庄」、「內門庄」及所屬番地，涵蓋的範圍廣闊，其中「旗山街」的區域乃包括：旗山、北勢、溪州、磅磜坑、圓潭仔、旗尾、手巾寮。來到日治時期，「旗山」的名稱，早已成為行政區域中非常重要的郡城。

　　除了對郡治的管轄區有明確的規範外，此書在「沿革」的篇章中，更將日治時的旗山沿革，詳細說明：〔註3〕

　　　　明治 29 年（1895 年、清光緒 22 年），設置『蕃薯寮撫墾署』。

　　　　明治 30 年 6 月（1896 年、清光緒 23 年），日人廢撫墾署，改為「台南縣蕃薯寮辨務署」。

　　　　明治 34 年 11 月（1901 年、清光緒 27 年），地方官制改正，廢縣置廳，改制為「蕃薯寮廳」。

　　　　明治 42 年 12 月（1909 年、清宣統元年），降格為「蕃薯寮支廳」，

〔註3〕《旗山郡要覽》一書，由於是日文排印本，故在翻譯上，或與日文原文稍有出入。大正 9 年 10 月（1920 年），改廳為州，改支廳為郡、市，旗山由太平庄改為高雄州旗山郡，下轄一街（旗山街）、五庄（美濃、杉林、甲仙、內門、田寮）。

改隸「阿猴廳」。

在改名爲「旗山街」時,「蕃薯寮街」正式走進歷史。

西元 1945 年(民國 34 年),日人投降,臺灣光復,將原有行政區域,重新劃分,《臺灣史》書中談到「臺灣光復後之建設」:

> 高雄縣治仍設鳳山,轄原鳳山、旗山、岡山三區,計二十八鄉鎮。

此時,旗山已改爲「旗山鎮」,至今仍爲高雄縣重要之鄉鎮。

前者對「旗山」舊稱作一番考述,總括其開發脈絡,在清朝初期,「旗山」的地域範圍是涵蓋「羅漢門」的範疇中,因開發「羅漢門」,而帶動其鄰近街庄的發展;到了清朝雍正、乾隆時期,才將關注的焦點擴及到「羅漢門」外的「蕃薯寮街」;直至清末光緒及日治初期,政治中心慢慢轉移至「蕃薯寮街」,取代了「羅漢門庄」原有的重要地位。而後在大正 9 年,「旗山郡」的成立,開啓了旗山歷史上新的一頁。對許多新興城鎮而言,「旗山」的價值正在於不被時間洪流淘汰的珍貴傳統,這也是今日旗山人一直努力保存的。

三、文化傳承

「旗山」因爲歷史淵源深遠,其實醞釀了不少人才,也許我們常把文學的眼光聚焦在緊鄰的「美濃」客家文化,〔註4〕對「旗山」的認知又侷限在農業轉型的觀光價值上,往往忽略了「旗山人」的文學素養及對文化的投注。因此,「旗山」光芒耀眼的文學成就是我探討的觀點。

(一)旗峰詩社

1、淵 源

「旗峰吟社」(又稱「旗峰詩社」)創立於民國 18 年農曆二月一日,由蕭乾源主導,協同黃光軍、范國清、蕭有國、游讚芳、陳三木等六人創設,任蕭乾源爲社長。詩社成立的目的在於切磋詩藝,傳授古典詩學,對旗山一帶的詩學,起引領之風範。

民國 19 年,便在旗山鎮舉辦高屏三縣市詩人大會,擊缽聯吟,號召南部詩人的同聚一堂,蔚爲風氣,並吸引了不少新血加入詩社,如黃石輝、劉順

〔註4〕 「美濃」一直是高雄的文學搖籃,早期在鍾肇政、鍾理和等人的耕耘下,文學風氣盛極一時。近年在客家文物館成立之後,客家文化日漸重視,加上鍾鐵民等地方人士的奔走,「美濃」樹立了南部客家風情的典範,也帶動當地的觀光事業。

安等，也壯大詩社的陣容。更在民國 24 年與美濃詩友朱阿華等人結盟，輪流舉辦聯吟會，固定聚會，稱之為「旗美聯吟會」，這是旗美兩地詩人的歷史結合，不僅在消弭清朝以降閩客械鬥的仇視對抗，貢獻卓著；〔註5〕且由旗山而延伸出去的文學種子，也慢慢生根發芽了。

民國 45 年，詩社再次承辦高屏三縣聯吟大會，此時亦有中北部詩友參與盛會，之後並成立「旗峰詩文研究會」，禮聘碩儒陳月樵傳授詩學，對當時詩友增進詩藝幫助甚大。之後不僅舉辦詩文研究會、高屏三縣市聯吟大會，進而在 49 年主辦全國詩人聯吟大會，「旗峰詩社」對古典詩學的貢獻由此可見。

然而在民國 73 年，詩社創辦人蕭乾源仙逝，在加上其他詩友或老成凋謝、或遷居他鄉，詩社出現青黃不接的窘境，運作幾乎陷入停擺。這對致力於文化耕耘的旗山人而言，不免有令人唏噓之感。所幸在有志之士的努力下，「旗峰詩社」於民國 83 年復社了，由曾景釧、劉福雙、曾茂源等人，以薪傳詩學、發揚國粹為宗旨，極力主張恢復「旗峰詩社」，並任曾景釧為社長，重新定期舉行詩文切磋會，再為古典詩文注入新生命，旗山文化藉此又活了起來。誠如曾景釧先生自撰的勉辭：

> 星霜六七幟高懸
> 雅韻詩風梓里傳
> 翰墨癢唐揚國粹
> 千秋社運繼綿延

復社後的「旗峰詩社」有其新的展望，〔註6〕希望「揚國粹」、「綿延千秋」，對文化的傳承有其強烈的使命感。詩社的重新運作在當時南部文壇也是一大盛事，鳳崗詩社社長劉福麟便贈與慶祝復社的頌辭：〔註7〕

> 突起騷壇一幟新
> 相延藜火賴斯人
> 行看社務從頭整
> 再創旗峰第二春

身為旗山人的劉福麟，也曾是「旗峰詩社」的一員，但在環境變遷下，離鄉

〔註5〕 對於閩、客械鬥，可追溯至康熙 60 年朱一貴在羅漢門起義，當時屏東的客家人為了對抗福佬人六堆義民軍（今高屏一帶客家族群），於是造成日後閩粵、漳泉的長期械鬥。
〔註6〕 曾景釧先生的勉辭收於江明樹〈旗峰詩社復社〉一文中。
〔註7〕 劉福麟先生之頌辭，同註6。

創業，並在「鳳山」繼續傳承志業，在看到同鄉永不放棄的耕耘，應是倍感喜悅吧！

2、代表人物

「旗峰詩社」在歷經創社、沉寂，復社的過程中，凝聚了旗山的菁英，帶起當時薈萃的文風，貢獻良多，在此只能列舉代表性人物，其他默默為文化耕耘的工作者，仍是功不可沒。

（1）蕭乾源

對於「旗峰詩社」的創社構想，蕭乾源可說是第一推手，他 1913 年出生於旗山五保「蕭家樓」，筆名「資生」。年紀極輕便對詩學創作用心良深，19 歲時，便廣邀旗山當時文士成立「旗峰吟社」，後人又改稱「旗峰詩社」，當時旨在推動古典詩學，不僅終其一生，創作不輟，出版「資生吟草」詩集，〔註 8〕並極力推行詩文活動，將詩社推向顛峰。在其作品中便流露愛鄉之情懷：

> 旗峰曉翠
>
> 聳立羅門翠黛橫　　芙蓉萬疊白崢嶸
> 眉形遠映逢秋麗　　鬢影新妝向曙明
> 綠繞仙溪流水碧　　青分鼓岫曉氛清
> 靈峰秀起騷壇幟　　藉捲文風振八紘

詩中「羅門」、「靈峰」皆在描述旗山的地理環境秀麗，「騷壇幟」正是說明其弘揚詩風的雄心壯志，文字清新雅致，別有韻味。在他的詩作當中，多有詠「旗美」、「旗峰」的課題；或描繪聯吟大會之盛景；或歌詠豪情之不羈；或記賞玩之悠然，內容精采而文思泉湧，如「醉菊」一詩，即可窺其心志：

> 醉菊　癸未旗峰課題
>
> 惜花有癖幾忘形　　日醉東籬不願醒
> 萬種顛狂非在酒　　傍人莫認作劉伶
> 月下醺酣狂李白　　爐中酩酊醉劉伶
> 玉山頹盡知多少　　我為黃花怎願醒
> 霜葩雪蕊燦幽庭　　攜友提壺樂性靈
> 我也愛花兼愛酒　　如泥鎮日覺忘形

詩中可見其灑脫之性格、古文之造詣，以及在新文化的衝擊下，仍致力傳承

〔註 8〕《資生吟草》此書未見，但收於「旗山奇」網站中，共計 101 首詩。

古典文化的用心。可惜在蕭乾源先生仙逝之後，後繼乏力，詩社的運作出現青黃不接的現象，對蕭老而言，應是感慨萬千吧！

（2）曾景釗

曾景釗，1958 年出生於旗山，是「旗峰詩社」的新血輪，詩社歷經耆老凋零、遷移他鄉的困頓，在眾人力有未逮的感慨中，曾景釗接下了沉重的棒子。他不僅愛好古典詩詞，對現代詩也情有獨鍾，曾任蕉心文藝社社員、高雄縣燈謎學會會長，現任「旗峰詩社」社長一職。

詩社重新復社後，發展方向更加明確，不再只限於同好間的切磋詩藝，他們進而把眼光放的更遠，規劃三階段：招收社員研習詩學、主導並發揚旗山文藝、催生文化總館。為文化盡心、為鄉土盡力，儼然已成為詩社努力的目標了，曾景釗不遺餘力的付出，可說是旗山之福。

曾景釗出版有「溪山嘯詠集」一書，詩風細膩，以描景見長，多是描寫旗山風情之作。如：

旗峰景觀

煙濛翠嶂曳千軍

疊岫層巒映彩雲

夕照叢林暉萬丈

仙峰逸韻滌塵氛

對旗山人而言，群山籠繞的山城魅力是難以抗拒的，因此文人多了一份纖纖情感，也感染了大山無畏的豪氣。除了對家鄉的眷戀之情外，作者也在詩中展現了今昔之感。在「蕭家樓古蹟夷平感賦」一詩中，便沉重地表達了千古年來文人共同的哀傷：

蕭家樓古蹟夷平感賦

繁華百載傲乾坤

跌宕風流記墨痕

觸目荒湮傷舊事

憑樓咽詠緬騷魂

鏗鏘鈸韻雖已矣

迴蕩吟聲幸尚存

白鷺長埋揮歲月

廢墟猶自悵黃昏

這首詩寫於 2005 年，詩人有感於蕭乾源先生之百年故居夷為平地，不忍古蹟傾圮，故人已去，既緬歷史蒼涼，兼懷前人功業。在詩中更能看出後生晚輩對蕭乾源先生的感念，永銘於心。

「旗峰詩社」歷經近八十個年頭，推動文學耕耘的人也不計其數，這當中有些人仍舊為旗山文風而努力，有些則投身於不同的領域、不同的地方，繼續播撒文學的種子。不僅是旗山，或是南部文壇，甚而是全國，「旗峰詩社」發揮了它的影響力，把文學傳出去了！

（二）「旗山奇」網站

要了解「旗山」，如果不進入「旗山奇」網站（http//www.chi-san-chi.com/），則難有全面性的了解，而易流於走馬看花之憾。旗山人的用心，同樣也展現在網路科技世界。

「旗山奇」是少數能將地方文化發揚的如此詳贍的網站，這除了有賴設站者的努力之外，有志者的齊心協力更是讓網站生生不息的最佳動力，不僅展現了所有愛鄉之人的深切期盼，也成為全國愛鄉運動的楷模，真正的鄉土情懷，是付諸行動的長久耕耘，而非淪為口號的表面功夫！

1、網站介紹

點閱進入「旗山奇」網站，便可查閱網站的歷史，1998 年 4 月 18 日由柯坤佑、張簡朝景、江明樹、王中義、莫皓帆、蕭振中、林慧卿等人提供資料、整理輸入，並在當年榮獲教育部主辦 WWW 內容建置競賽的特優獎。原先掛在和春技術學院的網站，之後在 2001 年獨立設站，由柯坤佑老師主導迄今。誠如他所言：

> 本人創立『旗山奇』的動機是希望大家認識『旗山』，補現有教育內容之不足，並活化內容，使大家樂於接受，讓文化落實在大家的生活、思維上，提倡資源共享、珍惜資源，以永續經營的思考與方法，讓自己與社會能走得更遠更穩。

在柯站長看來，網際網路是目前保存與傳播鄉土資料最好的方式，他結合了自己的專長，與文化人士的力量，真正成為「旗山的奇蹟」。

網站的內容極為豐富，首頁的設計也別具用心，以獅子咬劍為圖騰，眼睛不斷地檢視各單位，本有避邪之作用，在此有守護旗山之意。首頁左側呈現不同的主題，包含：宗教、人文、老照片、遊樂、地理、產業、生態、建

築，以及網站簡述（站長推薦、導覽服務、常態活動等），另外連結其他網站，如：Macpanda Family（站長的家庭首頁）、8nana-com（台灣紙模型 8 吶吶設計）、旗山鎮教育會、旗山商圈促進會、枝仔冰城等。首頁右側是旗山日誌，每天不斷更新內容，讓閱覽者能確切掌握旗山動向。

網站中資料最豐富者，應是「人文」的主題，透過眾人的蒐集資料，將旗山的人文歷史做了詳細的整理。歷史方面包含：台灣歷史年表、台灣人的台灣史、旗山歷史年表、旗山人文編年表、旗山人受難記，提供了相當珍貴的史料，尤其是當地的人文作家及傑出人士，皆透過網站作完整的呈現。

歷史的記載外，旗山的傳說也被記錄了下來，如：耆老講古、旗山愛情故事；另又介紹當地學校及鎮教育會的運作、工作室名單、歷任民選鎮長、旗山人口等，所涉獵的領域廣泛而多樣，實在令人折服。

除「人文」的主題外，其他如「建築」的主題，主要以保存古蹟風貌為訴求，並列舉具有特色之建築物，達到守護古蹟之目的。「老照片」的主題則藉由懷舊照片凝聚有共同生活經驗的一群，把消失的影像定格，重新活在心中。「宗教」的部份介紹活絡於旗山的不同宗教信仰，藉以學習信仰的彼此尊重。「地理」的標題則著重在地理位置的標示、地名沿革簡述、以及航照圖、行政區圖與地形分析。「生態」的版面則是介紹旗山的動植物及自然生態。「遊樂」的單元更是呈現食衣住行育樂等不同風貌的旗山，也算是一種觀光導覽。至於「產業」旗山，當然不會忘記香蕉的傳奇，糖廠的神話，造就旗山的根本。

這些不同的主題，開啟了不同的窗口，豐富了我們探索旗山的角度，讓我們看到了真正的「旗山」。

2、網站的耕耘者-柯坤佑

「旗山奇」網站的靈魂人物當屬柯坤佑老師，有別於前述的眾多詩人作家，柯坤佑不算是個專職作家，但他絕對是個稱職的文化工作者。他以另一種方式來傳承文化，並且和自己的專業結合，開展出浩瀚的空間視野。

柯坤佑並非土生土長的旗山人，1967 年生於彰化，後畢業於成功大學工業設計研究所，論文題目：「影響遠端操作空間判別之研究——間接視覺對操作的影響」，他的專業比較偏重在電腦程式設計的領域。畢業後任教於旗山的和春技術學院，便一頭栽進旗山鎮文化紮根的工作。在其專業背景的支持下，文化傳承的得以結合網路的現代資訊，跳脫出傳統保守的思維，進而塑造出創新的人文空間。

誠如他在「旗山奇」網站中所引印象派大師塞尚的話：「事物正在消失之中，如果你要看東西的話，你得快一點。」藉助資訊爆炸的網路世界，這即將消失的歷史城鎮才能生存下來。

其實「旗山奇」網站並不是柯坤佑對旗山的唯一貢獻，在他的理念裡，把旗山文化延伸至全世界才是終極的目標，1999 年，「台灣紙模型網站」（8nana-com）因此成立了。網站的簡介裡標榜了他的理想：「在每個人心中蓋美麗的房子」，紙模型能讓人進入幻想的世界，忘記煩惱，而得到「簡單的幸福」。

在他的理想架構裡，紙模型創作的原始理念和保存古蹟與落實鄉土教育息息相關，〔註9〕因此以古蹟為藍圖的設計，促使維護古蹟成為地方的共識，以柔性的力量來化解保存古蹟的阻力；同時將紙模型推廣做為中小學之鄉土教材，使得鄉土意識從小生根。在這樣的使命感驅使下，柯坤佑便致力於紙模型的開發製作。2002 年，旗山火車站面臨拆除的危機，於是文化人展開了一連串搶救旗山老車站的行動，旗山藝文界全力響應，進而全國各界紛紛支持，最後終於得以保存。對於車站保衛戰的勝利，柯坤佑並不居功，他甚至對文化精神的建立有更強烈的意念：

> 唯有我們讓旗山的人都意識到這個火車站是孕育這塊土地上人文的
> 本源，老火車站的復興才有意義。

也因此，他設計發行「台灣老火車站紙模型」，之後又出版教堂系列、方圓建築系列，市場也擴及到全世界，透過紙模型，台灣的風情傳播到世界的角落，柯坤佑的理想也一步一步實現了。

對於柯坤佑這個人的寫照，在此引旗山詩人江明樹的詩，作為最佳的注腳。

建構鄉愁的旗手——給柯坤佑　　江明樹
虛擬蕉城的天空
移動座標到做夢的窗口
投手與捕手的心靈默契
蕃薯寮與蘋果熊

〔註9〕柯坤佑老師在 1999 年 10 月 4 日，於「臺灣紙模型網站」中說明了個人的理念：保存古蹟的目的、利用設計發揮鄉土教育應有的效能、追求利基市場的設計、文化商品化以推動文化、環保設計。

現代人習慣忘記昨天

彷彿知道老爸與祖父

再上去追溯是史家的事

建築鄉愁的魔手

驅使滑鼠串連今昔

在地旗山人與日裔旗山人

讓教堂的鐘聲再響

而老街古蹟建築

正炫耀他的古樸與特色

……

……

在尋夢的生活軌跡中

永遠虛擬的畫面

守著最後一道燈光

在大家睡熟的凌晨

當所有的人熟睡之際，柯坤佑老師正為文化的保存與紮根而醒著，在虛擬的世界裡，建構一個真實的而溫馨的城鄉。

（三）其　他

除了前述的詩社與網站外，在愛鄉意識日漸濃厚的情況下，愈來愈多人成立了不同性質的文化工作室，如：

1. 「蕃薯寮文化工作室」：設立者便是當地有名的作家「江明樹」先生，他的創作相當豐富，尤其對「旗山」的人、事、物都有極用心之考證、分析。也提供許多珍貴資料，幫助「旗山奇」網站的設立。對旗山各項活動都積極參與。

2. 「旗美文史工作室」：黃世暉先生設立，早期稱爲「六堆文史尋根工作室」，著重在對六堆文化〔註10〕的探源與研究。黃世暉本是記者，致力

〔註10〕「六堆文化」泛指高屏地區的客家文化。所謂的「六堆」，本指乾隆時，以今之屏東內埔爲中心，將客族分爲六隊（六堆）：中堆（竹田）、先鋒隊（萬巒）、後堆（內埔）、前堆（麟洛、長治）、左堆（佳冬、新埤）、右堆（美濃、高樹）。六堆文化橫跨高、屏兩縣，它不受限於區域性的文化，而是同一族系之精神的結合體。

六堆文化的報導，也得到肯定，在其「羅漢風雲」一書中，更針對旗山、內門、美濃一帶的民俗文化，有深入的報導。

其他如「尊懷文教基金會」、「羅漢門文史尋根工作室」、「蕉心文藝社」、「旗山文化藝術協會」等，都是地方人士努力的結果。除此之外，「旗山」在地的工作室爲數不少，大多和其工作性質相結合，難免有些商業色彩。對旗山人而言，文化的保存和經濟生計息息相關，因此各工作室融合了文化、藝術、環境保護等訴求，藉以帶動地方的發展繁榮，而達到雙贏的局面。〔註11〕就氣度見識來說，也許沒有前述人物那麼高瞻遠矚，但這些微薄的力量所匯聚的影響，也是不容忽視的。在所有人的提倡下，新舊文化共存的榮景，指日可待。

四、結 論

其實，「旗山」歷經了不同時代的開發，爲我們保留了許多文明遺跡，呈現出各種截然不同的風格，這也成爲它的特色。

1. 建築上：旗山便記錄著豐富的文化意涵，從早期的閩南建築的「土埆厝」（如天后宮），到日式的神社建築（如武德殿）、「巴洛克」式洋樓聞名的老街，〔註12〕以及改良式的「石拱亭仔腳」，〔註13〕都是旗山建築迷人之處，這當然是歷史演變對建築產生的影響。旗山的建築風格獨特，散發思古幽情，值得吾人加以深入研究的，寄望具專業素養者引領我們走進旗山的古蹟世界。

2. 經濟上：旗山的經濟成就，也受到文明的影響。早期旗山和「番社」有著相依存的關係，農業發展以主要糧食栽種爲主，「阿婆的蕃薯湯」的傳說應可佐証。而後日治時期，全台幾乎在作物上有新的策略，因此甘蔗的栽種也成爲旗山的重要經濟命脈。〔註14〕而光復後，在農業政策的引導下，大量種植香蕉，由於氣候合宜，產量豐碩，贏得「香蕉王國」的美譽。至於近年

〔註11〕 「旗山」各工作室名稱，可見「旗山奇」網站，但多資料不齊，且和其經營的行業有關連。

〔註12〕 「巴洛克街屋」約建造於大正9年至昭和5年間的市街改正計畫，受西方建築的影響，立面雕塑繁複，内部仍是閩南架構，對外的結構面重在表現工匠的巧思及手藝，山頭紋飾也顯示家族姓氏，格局統一，是旗山建築發展史上重要一環。（參考《台灣的老街》一書）

〔註13〕 日據時代，紅磚圓拱型的「亭仔腳」在臺灣極爲流行，但旗山獨一無二的是它的「亭仔腳」爲石造，採用旗尾山的岩石磨平堆砌而成。

〔註14〕 關於日治時期「旗山」作物的栽種，可參閱《南部臺灣誌》、《旗山郡要覽》等書。大多土地歸爲甘蔗的栽種區，成爲重要的糖業區。 小火車也應運而建設。

來農業的蕭條，促使旗山人思索新的轉機，糖廠和香蕉結合的「枝仔冰」，讓旗山的社區營造轉而向觀光事業發展，建立屬於旗山的「香蕉王國」。

3. 在文學上：旗山人展現了永不放棄的精神，在今人對古文一片撻伐攻訐的聲浪中，「旗峰詩社」獨樹一格，撇去泛政治色彩，致力於表現古文的不朽美感，創作不息。而在文化的保存上，新一代的旗山人結合了他們愛鄉土的共識，盡己之力，爲維護旗山的文物而扛起承先啓後的重責大任。各工作室、網站的設立，讓新舊文明藉此相互輝映，「旗山」重新建構屬於自己的特色，展現無窮的生命力。相信有朝一日，「過客」終將成爲「歸人」，山城不再孤寂。

參考文獻

1. 《臺灣府志》十卷，〔清〕蔣治揚主修，高拱乾纂輯，台北：成文影本，1983 年。

2. 《重修臺灣府志》十卷，〔清〕范咸纂修，台北：成文影本，1983 年。

3. 《續修臺灣府志》二十六卷，〔清〕余文儀主修，黃佾等纂輯，台北：成文影本，1983 年。

4. 《續修台灣縣志》，〔清〕謝金鑾、鄭兼才總纂，薛志亮總裁，台北：武陵出版有限公司影本，1999 年 5 月。

5. 《臺海使槎錄》八卷，〔清〕黃叔璥撰，台北：成文影本，1983 年。

6. 《重修鳳山縣志》，〔清〕王瑛曾纂，台北：台灣銀行經濟研究室編印，。

7. 《台灣史》，台灣省文獻委員會編，台北：眾文圖書公司，1996 年 10 月。

8. 《台灣開發史》，程大學編著，台北：眾文圖書公司，1994 年 5 月。

9. 《台灣踏查日記（上、下）》，〔日〕伊能嘉矩著，楊南郡譯註，台北：遠流出版事業股份有限公司，1996 年 11 月。

10. 《旗山郡要覽》，旗山郡役所，台北：成文影本，1985 年 3 月。

11. 《南部臺灣誌》，〔日〕村上玉吉編，日本昭和九年排印本，台北：成文影本，1985 年 3 月。

12. 《旗山鎮鎮誌》，蔡正松總編輯，高雄縣：旗山鎮公所，2006 年。

13. 《高雄縣旗山鎮國民小學鄉土教學活動二》，李景聰總編輯，高雄縣政府，2000 年。

14. 《高雄縣的開發與族群關係》，簡炯仁著，高雄縣立文化中心，1998 年 6，月。

15. 《高雄縣簡史‧人物誌》，楊碧川著，高雄縣政府，1997 年 4 月。

16. 《高雄縣土地開墾史》，溫振華著，高雄縣政府，1997 年 4 月。

17. 《台灣的老街》，黃沼元著，台北縣：遠足文化事業股份有限公司，2002年 11 月。

18. 《巴洛克建築──1600 至 1750 年的華麗風格》，Frederic，Dassas 著，陳麗卿，蔣若蘭譯，台北：時報文化，2005 年 7 月。

19. 《旗山八吶吶柯坤佑》，雙手傳遞故鄉之美，網路＋紙模型，莊金國，新台灣新聞週刊第 486 期，2005.7.14。

20. 《建構鄉愁的旗手──給柯坤佑》，台灣新聞報西仔灣副刊，2002.5.7。

附錄二　此時無燈勝有燈——談許地山〈暗途〉一文的人生體認

　　如果說散文如一彎清澈的溪流，灌溉心靈的夢田，那麼，許地山的散文，便是這當中的極品。他的散文，真情而不黏膩，灑脫而不疏離，更能帶著悲憫的情懷，與自然相融，這篇〈暗途〉便傳達出人與自然看似衝突，其實相親的縣密關係，藉此，我們也能進一步了解許地山的人生態度。

一、點燈的困惑

　　「我底朋友，且等一等，待我為你點著燈，才走。」在黑夜中，點著了燈，在我們看來，是為了指引明路，避開危險，以免誤入歧途。文中的均哥便是如此想法，黑暗的山路，更是危機四伏，豈不令人擔憂。我們對著無法掌握的自然，總是有隱隱的不安，這當中的不安定感，也許來自於眈眈而視的猛獸，也許只是青翠蓊鬱的山林，因為與自然的疏離，於是藉著點燈來照明一切，想驅散內心的恐懼，然而真的是如此嗎？誠如文中吾威所言：

> 若是你定要叫我帶著燈走，那教我更不敢走。
>
> 滿山都沒有光，若是我提著燈走，也不過是照得三兩步遠，且要累得滿山底昆蟲都不安。若湊巧遇見長蛇也衝著火光走來，可又怎辦呢？再說，這一點的光可以把那照不著底地方越顯得危險，越能使我害怕。

點燈本是為消弭恐懼，卻因看得清楚而更恐懼；照亮山路是為了逃開危險，卻引得更多危險伺機而動；以光亮引路是為了求得人與自然的相安無事，卻

徒惹得人與自然皆因不安而動；眼前的光明只照得三兩步，熄燈後的無依，卻把人推向更深的黑暗。

點起燈的同時，也點起了不安與危機，這似乎悖離了我們所企求的光明之路，因為有形的燈火是有侷限的，如何能照亮內心無窮的恐懼呢？

二、與自然合而為一的生命情調

許地山於文中述及點燈的不妥，而在黑暗的人生之路，該秉持何種態度去面對呢？在〈暗途〉文中便有所啟示：

> 不如我空著手走，初時雖覺得有些妨礙，不多一會，什麼都可以在幽暗中辨別一點。

「空」是許地山一直追求的境界，「空」代表著不執著，不拘泥，看似一無所有，其實是最具包容力，融合天地虛無之氣，凝聚出至大的力量，因此「空」是最充滿豐厚的。空著手，即是捨棄了與自然衝突的燭火，大自然是幽暗的，何須獨自追求光明，處於幽暗中，反倒更能敏銳地察覺到隱於黑暗中的光明。正如文中敘述：

> 吾威在暗途中走著，耳邊雖常聽見飛蟲、野獸底聲音，然而他一點害怕也沒有。在蔓草中，時常飛些螢火出來，光雖不大，可也夠了。
>
> 他自己說：「這是均哥想不到，也是他所不能為我點底燈。」

我們以為的黑暗，卻隱藏著光明的喜悅，當我們放下包袱，與自然的脈動相合之時，方得領悟到黑暗才是安定，才是真正的光明。人一直以為自然萬物是對立的，然而真正劃清分界的是人本身，當你與自然交融為一時，以空虛的心去包容大自然，自然，何懼之有？

在〈暗途〉一文中，許地山展現了自己的自然關懷，人應是與自然相親，融合為一的，不應該是互相對決殘害的。同時，在面對人生的困境，若能秉持澄澈通透之智慧，領略大自然虛無即實有、黑暗即光明的道理，內心必然光明磊落，點亮了心中的明燈，又何須手上那盞微弱的燭光呢？走在人生的〈暗途〉上，真可謂：無燈勝有燈。

附錄三 席慕蓉〈一棵開花的樹〉的賞析

一、前　言

　　席慕蓉的詩，寧靜如一泓湖水，我們總是讚嘆它的幽雅靈秀，彷彿不食人間煙火，然而揭開平靜的面紗，方才發覺仍有塵世的愛戀與執著。如一條適意而流的江河，仔細聆聽，便可聽見內心澎湃之旋律，寫鄉愁是如此，寫情愛也是如此。〈一棵開花的樹〉便是以樹來巧喻愛情的萌發與幻滅，文詞含蓄而情韻深厚，在此對此詩作一賞析，藉以呈現席慕蓉的愛情觀，並與西方「人魚公主」這家喻戶曉之童話故事作比較，從中可發覺兩者在情節上之巧合，以及作者別出心裁之安排。

二、愛情三部曲

　　題目定為〈一棵開花的樹〉，若只是重在形容花團錦簇、綠葉發花滋的佳樹，恐怕流於俗套，了無新意，不足為奇。作者之巧思，即展現在「花」與「樹」的鋪排，藉以詮釋一段愛情故事，與「人魚公主」相呼應。而詩中段落之安排，恰如愛情三部曲。

（一）求　緣

　　　如何讓你遇見我

　　　在我最美麗的時刻　為這

　　　我已在佛前　求了五百年

　　　求祂讓我們結一段塵緣

緣份本是不可求，詩中女子對愛情之痴戀，早萌芽於五百年前，多少前世輪迴，仍消弭不了那份嚮往。於是「勉強」、「有心」的想去攀緣企求短暫的相逢。這份虔誠的祈求，超越時空阻隔，以五百年的「眼成穿、骨化石」，換取「一段」小小的「塵緣」，殊不知，既是「塵」，終歸煙消雲散，執迷成空，又何苦執迷？

童話中的人魚公主，不也是陷入情感的泥淖嗎？「人」、「魚」本是有隔的，而愛情跳脫出形軀的藩籬，編織一廂情願的彩夢，陷入了求緣不得的悲苦，悲劇的開始，便是始於內心的困頓，無法「隨緣自在」。

（二）付　出

佛於是把我化作一棵樹

長在你必經的路旁

陽光下慎重地開滿了花

朵朵都是我前世的盼望

虔誠的祈求，來自對愛情的執迷，執迷本是苦，如此的輪迴，豈能求得圓融呢？慈悲的佛祖，怎又忍心眾生陷入苦境呢？然而塵世中的淬鍊，為得是生命中真正的「放開」，猶如浴火之鳳凰，藉以重生。

因此，佛祖在今世輪迴中種下了機緣，給了尋覓中的靈魂一個塵世的生命，她該是一位婉約痴情的女子吧！但是，祈求一份不屬於自己的緣份，是必然付出某些代價的，猶如「人魚公主」的際遇，為了與王子相聚，便與女巫交換了生命，再也無法回到人魚的世界，縱使成為人，也只是啞口無言的女子，不能憑藉語言，只能以真心去感動王子，而「無言」便成了愛情的試金石，愛能夠讓人魚公主獲得永恆的生命，否則將成為虛幻的泡影了。這樣的命運，乃是人魚公主選擇愛情時所付出之代價。

佛陀將女子化為愛情樹，頗有異曲同工之妙。看似無言無情，卻蘊含豐沛的生命，樹有榮衰，花有開落，不也象徵情緒的悲喜？唯有觀者用心，方能悟得其中真情，且唯有用心，這份愛情才是真摯永恆，佛祖的安排，正考驗著樹與人，考驗脆弱的愛情。詩人對愛情的期許，由此可見。

既然是最美的生命，必然開滿一樹的花朵；長在他必經之路，也說明了今世的相逢，不同的是，樹，只能藉著一季的驚艷，喚醒心有靈犀的似曾相識，然後在驚鴻一瞥的悸動中，尋得心靈的交會，所有的等待，都「值得」了。「陽光」代表希望，「慎重」說明了它的小心呵護，每朵花都是由心靈深

處綻放出來的愛情，五百年的盼望，全化為燦爛的花朵，迎接對方的到來。
這樣的命運，同樣也是化為樹的女子不悔的選擇。

（三）幻　滅

> 當你走近　請你細聽
> 那顫抖的葉是我等待的熱情
> 而當你終於無視地走過
> 在你身後落了一地的
> 朋友啊　那不是花瓣
> 是我凋零的心

愛情是每個人所期盼的，也希望對方能細心呵護我誠摯付出的情感，但愛情
又豈是一廂情願呢？化為樹，是為了相遇，燦爛的花朵，婆娑的樹葉，是自
己所展現的熱情與美麗，而這一切的苦心經營，所得到的回應卻令人心碎。「無
視地走過」，摧毀了愛情神話，花朵驟然凋零落地，五百年的等待，也隨著落
花化為春泥。原來，等待的人從來不懂你的真情，又如何回應你深情的回眸
呢？愛情至此大澈大悟，一切皆是枉然，在悟得真相的當時，又怎能不心碎？

　　無言的人魚公主，守候在王子身旁，便是等候著王子的真心，只要一聲
「我愛你」，魔咒即刻解除，而有情人相守一生。而王子卻另有所屬，當人魚
公主聞得王子將迎娶鄰國公主，那種心境，也只能用「凋零的心」來描述吧！

三、花與樹的愛情哲學──走出「人魚公主」的悲傷

　　「一棵開花的樹」隱約有著「人魚公主」的影子，乍看下似乎又是一則
愛情悲劇，其實不然。這首詩，在題目上便透露了詩人的愛情觀，愛情不應
是「人魚公主」那般的結局，失去了愛情，也失去了生命，成了海上的泡沫，
在閃亮的陽光下消失不見。愛情不應是主宰著生命的。

　　席慕蓉將愛情與生命詮釋為「花」與「樹」的關係。「花」是一棵樹最耀
眼動人的時期，最美好，但也最短暫。樹的生命泉源不來自於花，而是吸取
土壤養份的根部，及迎接陽光關照的樹葉。生命的本質不在於如花般的有限
愛情，而是在涓涓如細流的生活點滴中。

　　愛情只是生命的過程，而非終點，這一季的花朵凋謝了，仍可期待下一
季的花開，只要如樹般堅強的生命不死，凋零的心，必能隨著另一季閃亮的

花朵而獲得重生。這比起「人魚公主」的玉石俱焚，更能給予我們明朗開闊的愛情觀。

　　席慕蓉對愛情與生命之間微妙的關係，作了極為貼切之譬喻。不僅能細膩地體會深陷愛情當中的那份痴與不悔，更能於失去愛情而心碎沮喪之當時，提醒人們生命的可貴，非愛情能取代，真愛的意義，應像花開花落，是生命的悲喜，非生命的結束。

附錄四　張愛玲〈紅玫瑰與白玫瑰〉中的「鏡子」淺析

　　若提起當代文學中的才女，那必定首推張愛玲了。當她在二十四歲時出版第一本小說集《傳奇》，便完全展露她的鋒芒，眾所矚目。〈紅玫瑰與白玫瑰〉也是這時期的作品，充滿了澎湃的熱情，卻又展現墮落的悲涼，這兩極化的情感，似乎也傳達出張愛玲內心的矛盾世界。

　　〈紅玫瑰與白玫瑰〉這篇小說，把張愛玲的文筆特色作了全面性的發揮，人物性格塑造細膩、文章色彩鮮明華美，無論動作神態的掌握，或是靜態事物的擺設，她都絲毫不放過，用心去經營描述。尤其受到西方文學的影響，她更擅長「象徵」筆法的運用，把平凡無奇的事物，轉化為人物內心世界的呈現。這樣的筆法便展現在對「鏡子」的運用，張愛玲酷愛鏡子，多數的小說中也常出現鏡子的意象手法，在此僅就〈紅玫瑰與白玫瑰〉中鏡子的運用，來分析藉由鏡子所呈現出來的不同象徵意義。

一、佟振保與鏡子

　　在〈紅玫瑰與白玫瑰〉中，張愛玲對主角佟振保的性格花了相當的力氣去描述，他是游移在傳統束縛與自由思想中的矛盾人物。表面上他是主宰一切愛情的主人，然而透過鏡子的映照，努力強撐的自尊似乎被瓦解了。這樣的安排出現在二處，首先是他在巴黎嫖妓的情節中：

> 她重新穿上衣服的時候，從頭上套下去……，這一剎那之間他在鏡子裡看見她，她有很多蓬鬆的黃頭髮，頭髮緊緊繃在衣裳裡面，單露出一張瘦長的臉，眼睛是藍的罷，但那點藍都藍到眼下的青暈裡

> 去了，眼珠子本身變了透明的玻璃球。那是個森冷的，男人的臉，
> 古代的兵士的臉。振保的神經上受了很大的震動。

透過了鏡子，原本庸俗可笑的妓女，竟錯覺地變成了武裝的士兵。這樣的錯覺，其實是佟振保的矛盾情結，花錢嫖妓，他應該是主宰著這場肉體上的交易，如同在現實社會裡他是自己絕對的主人。然而透過鏡子，似乎把這假象給揭發了，鏡子中的士兵是森冷的男人，給了他「恐怖」的感覺，在精神上，佟振保反而是受到威脅、控制，失去了主宰自己的能力的一方，這剛好與現實社會的他相反，用心經營的形象——謹守社會成規、建立自己的生活秩序，這一切，在鏡中澈底被瓦解了，從中不難想像佟振保內心的挫敗感。因為鏡子中的他原來是不堪一擊、脆弱無力的，於是「從那天起振保就下了決心要創造一個『對』的世界，隨身帶著。在那袖珍世界裡，他是絕對的主人。」

另一處出現的鏡子是在佟振保與王嬌蕊重逢在公車上的一幕。佟振保在不敢面對傳統社會的禮教壓力與自私現實的考量之下，選擇了離開王嬌蕊，去追尋他自認為「幸福」、「理想」的婚姻，而王嬌蕊也和前夫離婚、再嫁，並有孩子，成了俗艷的中年女人。這結果都是佟振保主導掌控的，這也是他認為「對」的世界。然而，一切和他想得似乎又不同了：

> 振保看著她，自己當時並不知道他心頭的感覺是難堪的妒忌。……
> 抬起頭，在公共汽車司機人座右突出的小鏡子裡看見他自己的
> 臉，……在鏡子裡，他看見他的眼淚滔滔流下來，為什麼，他也不
> 知道。在這一類的會晤裡，如果必須有人哭泣，那應當是她。這完
> 全不對，然而他竟不能止住自己。應當是她哭，由他來安慰她的。

從這裡，我們更清楚地看見佟振保的脆弱，在鏡中是完全掩飾不了的，因為鏡子呈現的便是他真實的情感與生命。佟振保所創造的「對」的世界，現在竟「完全不對」了，他所建立起來的秩序感又被打破了。他的理想婚姻變得無趣，而王嬌蕊被他拋棄，卻能尋得真正的愛，這些都和佟振保設想的完全不同，無怪乎他難堪、妒忌，甚而哭泣。在現實上，佟振保拋棄了王嬌蕊，然而在精神上，真正被拋棄的卻是佟振保，也因此，偽裝的自尊驟然卸下，只剩下令人可悲的脆弱與挫敗。「鏡子」的魔力，在此展現無遺。

二、王嬌蕊與鏡子

張愛玲筆下的王嬌蕊是一個熱情奔放，勇敢追求愛情的女子。表面上她

不懂愛情、玩弄愛情，事實上她是小說中最忠於情感的。文中，佟振保把女人比作「玫瑰」，美麗而脆弱，在男人的覆翼之下，方能生活。對待嬌蕊他也是如此的態度，他認為她有著嬰兒的頭腦與成熟婦人的美，是最具誘惑力的，然而她又是「玩弄男人」、「有許多情夫，多一個少一個，她也不在乎。」，佟振保是不了解嬌蕊的，他只是從自身的角度去衡量事情的發展，主動決定跳入墮落的快樂中，主動去擁抱、親吻、上床，一切都在自己的方寸當中，知道適可而止。然而嬌蕊卻也有自己的主張，寄信給丈夫要求離婚，因為她找到了自己的愛情，決心依附振保，這時的嬌蕊一如小兒女姿態：「你放心，我一定會好好的」、「你離了我是不行的」，淚眼婆娑的想挽回振保的心，但如同不可違背的邏輯一般，嬌蕊的愛仍無法改變無情的社會教條，至此，嬌蕊覺悟了：

> 嬌蕊抬起紅腫的臉來，定睛看著他，飛快地一下，她已經站直了身子，好像很詫異剛才怎麼會弄到這步田地。她找到她的皮包，取出小鏡子來，側著頭左右一照，草草把頭髮往後掠兩下，用手帕擦眼睛，擤鼻子，正眼都不朝他看，就此走了。

這面鏡子，應是自信心的提醒與重整吧！陷入愛情，往往使女人變得柔弱無助，掉入「菟絲附女蘿」的美麗詩歌中，振保和嬌蕊都是主宰性的性格，但在愛情之下，女人仍屈服於男人之下，誠如文中敘述嬌蕊「癡心地坐在他大衣之旁……，索性點起他吸剩的香煙」、「這一次，是那壞女人上了當了！」，又為振保穿起中國式的旗袍，為了愛情，她嘗試改變了自己，也因此當振保要抽離愛情的當兒，她如含冤的小孩般，號啕大哭，聲嘶力竭，所有的自尊全然崩潰。但畢竟嬌蕊是忠於情感的，在透澈振保現實無情的選擇後，她反而變得更堅強，不再違背自己的情感。透過鏡子，我們也看到了女人堅毅而強韌的生命，嬌蕊並未被現實擊敗，她勇敢地和前夫離婚，又再嫁了，雖然變胖變老，顯得俗艷，但很快樂、且勇往直前。這樣的生命，也是靠著她的自信走出來的。在這一面鏡子中，所呈現的便是嬌蕊重新面對生命的堅強與魄力。

三、孟烟鸝與鏡子

對於振保的太太——烟鸝，張愛玲也透過鏡子來反映她的性格。她給人的印象是「籠統的白」，她很柔順，「很少說話，連頭都很少抬起來，走路總是走在靠後。」，這樣正經、服從的女性，便是振保「理想」中的太太，至於

有沒有愛情，那是無關緊要的。但對烟鸝而言，結婚應該是高興期待的，對於結婚時的心情描述，便藉著鏡子來傳達：

> 然而真到了結婚那天，她還是高興的，那天早上她還沒有十分醒過來，迷迷糊糊的已經彷彿在那裡梳頭，抬起胳膊，對著鏡子，有一種奇異的努力的感覺，像是裝在玻璃試驗管裡，試著往上頂，頂掉管子上的蓋，等不及地一下子要從現在跳到未來。

烟鸝的個性是「羞縮」的，是學校裡的好學生，查生字、背表格，黑板上有字必抄，男生寫信給她，她從來沒回過信。她是傳統「以夫為天」的女子，但在她小小的內心世界裡，仍存有許多夢想。振保是個有為的青年，對此，她有一股飛上枝頭的喜悅，鏡子中的她，無非是自我的肯定與期許，在卑微的宿命之下，給予自己更多的尊重，對未來充滿了展望與自信。

人的內心世界本是隱微而複雜的，外在的假象與內心的真實感受往往是相互矛盾衝突的。唯有面對鏡子，我們才能誠懇地面對真實的自己，卸下偽裝的面具。張愛玲在塑造人物性格的手法上，便洞悉鏡子的魔力，在巧妙的運用下，更能剖析人性。藉著鏡子，無論是脆弱內心的呈現，抑或自信心的重整與提醒，皆是主角人物的真實生命，在鏡子裡，人性的隱微是藏不住的！

附錄五　張愛玲〈紅玫瑰與白玫瑰〉中的女性地位

　　「女性意識」的覺醒，一直是張愛玲小說中不可或缺的主題，而她自身也在爲脫離傳統藩籬而奮鬥，然而這條路是艱辛而困苦的。在女性意識抬頭的背後，卻是充滿更多的悲涼，張愛玲筆下的女性形象便是如此，在掙脫傳統枷鎖的同時，也留下深而不可抹滅的烙印，在與歷史巨手相抗衡之際，女性似乎又顯得卑微無力了。這樣的矛盾情結，藉著〈紅玫瑰與白玫瑰〉這篇小說中的兩位女性的性格塑造，呈現出女性的模糊地位。在此，我們將透過小說中對女性地位的描述，了解張愛玲筆下既堅強且又卑弱的女性形象。

一、佟振保眼中的女人

　　以主角佟振保的觀點來看女性地位，事實上是以男人的角度作爲切入點，在新舊文化交替的時代，省思女性的自處能力。而男人究竟給予女人多少成長空間呢？透過佟振保的想法，似乎能透顯出中國男人對「女性主義」的若干看法。

（一）「兩個女人」的大男人情結

誠如文中所言：

> 也許每一個男子全都有過這樣的兩個女人，至少兩個。娶了紅玫瑰，久而久之，紅的變了牆上的一抹蚊子血，白的還是『床前明月光』；娶了白玫瑰，白的便是衣服上沾的一粒飯黏子，紅的卻是心口上一顆硃砂痣。

從男人的觀點看來，時代雖然改變了，但是心裡仍留有「三妻四妾」的遺毒，

在振保的生命裡，便有聖潔的妻與熱烈的情婦。而喜新厭舊的人性，也表現在男性的愛情觀中，愈是得不到的，愈是心嚮往之，娶了紅玫瑰，便如蚊子血般礙眼、厭煩；若娶了白玫瑰，也如飯黏子一般黏膩。這樣的男子，沒有真正的愛情，又如何能和追求真愛的新女性相互共鳴呢？

（二）以「玫瑰」比喻女人

在佟振保的內心裡，把女人分為兩類型：紅玫瑰與白玫瑰。將女人比喻為「玫瑰」，代表了美麗與危險，有著美麗的外表，但是愈接近愈容易被刺傷。在他的想法中，女人被分成對立的兩種類型，「紅玫瑰」代表的是熱情開放，不合禮教的女子，王嬌蕊即屬於這一類；而「白玫瑰」代表的則是聖潔典雅、謹守禮教的女子，孟烟鸝便是這一類。佟振保在選擇婚姻時，並不以愛情為導向，他愛著女性意識強烈的嬌蕊，卻選擇符合社會傳統規範的烟鸝為妻。佟振保愛的是大膽追求真情的嬌蕊，卻敵不過傳統的束縛：

> 這樣女人之在外國或是很普通，到中國來就行不通了。把她娶來移
> 植在家鄉的社會裡，那是勞神傷財，不上算的事。

嬌蕊的真愛無法和佟振保根深蒂固的傳統觀念相抗衡，「我不能叫我母親傷心」、「社會上是決不肯原諒我的」，這些約束力量促使佟振保放棄愛情。而代表女性意識的嬌蕊，註定是要受傷害的。

（三）「單幢房子」的男性主宰性格

在小說中，將女人的內心世界以「房子」為喻，顯示微妙的情感關係，在佟振保的眼中，女人的內心猶如一棟敞開大門的單幢房子，具有包容力，能夠容忍男人所有的好與壞；且縱使有再多的房間，都是屬於一個男人所有，女人只是被擁有者，她是沒有主宰能力的。在這樣的比喻裡，仍不脫傳統男尊女卑的舊教條，而佟振保這位「最合理想的中國現代人物」，也很難在這樣的觀念下，建構出男女平等的關係。

這種觀念也驅使佟振保在處理感情上，也是一味地以「做自己的主人」自居，與嬌蕊的偷情，也是任由他一手策畫；與烟鸝的婚姻，也是他一手主導。在他想來，該結束偷情或者該保有婚姻，決定的人應該是他。然而，嬌蕊未徵得他的同意便向王士洪提出離婚要求；烟鸝受不了壓抑封閉而有婚外情，這一切都讓佟振保崩潰。在女性意識日漸覺醒的時代，男人的食古不化，妄自尊大的想法，又怎能不受到挫敗呢？

二、女性的自我困頓與突破

〈紅玫瑰與白玫瑰〉所顯示的，是一個傳統束縛與現代自由兩相糾纏矛盾的時代。男性處於其中，不免陷於不知手措的窘境，無法取得其中的平衡點。而身為女性的，在這樣混沌不清的時代定位裡，仍充滿了戒慎恐懼，走不出封建的牢籠。

（一）「女人為難女人」的宿命

佟振保的母親，代表的應是一種傳統的陰影吧，覆蓋在她之下的世界，似乎也加上了一道傳統的枷鎖。對於佟振保：

> 他每次讚揚他的寡母總不免有點咬牙切齒，雖然微笑著，心裡變成
> 一塊大石頭，硬硬地「秤胸襟」。

這樣的「寡母」，難免有「媳婦熬成婆」的包袱，根深蒂固的觀念是擺脫不掉的，對兒子是如此，對小說中的女性，她同樣站在對立的立場，她並不多話，但她代表的傳統力量，已讓嬌蕊與烟鸝同感威脅了。

對於嬌蕊，她只是以「胡來一氣」來形容這段婚外情，在她眼裡，結了婚的女子偷情是失婦德的，這與愛情無關。這股傳統的力量足以摧毀真正的愛情，讓女人重新打回沒有愛的輪迴裡。

對於烟鸝，振保的母親也是苛責要求的。「到處宣揚媳婦不中用」，「婆婆又因為她生的不過是個女兒，也不甘心讓著她」，於是嘔氣、負氣搬回江灣。這樣的行為說明了烟鸝不夠柔順聽話，緊張的婆媳關係必然也會造成婚姻的恐慌，如果說佟振保是不負責任的懦弱者，那他的母親便是為難女人的推手，女性的自覺往往就是扼殺於女人的手中，想來令人感歎。

（二）傳統女性的悲劇性格

烟鸝是傳統教育下的女性，她被塑造成「很少說話，連頭都很少抬起來，走路總是走在靠後。」性格上是很畏縮的，但她並非沒有脾氣，對僕人會怨憤嘟嘴，與婆婆嘔氣，向女兒訴冤，然而，在她的想法：

> 她愛他，不為別的，就因為在許多人之中指定了這一個男人是她
> 的。……他就是天。

她甘於傳統的宿命，由此一覽無遺，她把自己交給了丈夫，只因他是丈夫，無關乎愛情。而丈夫娶她，也不是愛她，這樣的婚姻，豈不慘然！對於丈夫的漠視輕視，她以一慣的容忍來面對：

（振保）唉了一聲道：「人笨凡事難！」烟鸝臉上掠過她的婢妾的怨憤，隨即又微笑，自己笑著……她臉上像拉上了一層白的膜，很奇怪的，面目模糊了。

沒有地位的婚姻，她只能以容忍逃避來面對，後來她得了「便秘症」，她反而快樂了，因為可以名正言順地躲在浴室裡不做事、不說話、不思想，傳統束縛下的女性性格被闡發得極為隱微而悲哀。而後她行為上做出了抗議反擊的表示，雖然方式不對，然而意義很重要，她喚醒了佟振保，女人也有她的自尊與人格，讓丈夫重新面對婚姻，在傳統的佈局下，建造新的婚姻。其實，女性意識也在烟鸝心裡生根了。

（三）女性的自我突破

王嬌蕊是小說中女性自覺性格的代表人物，因在英國讀書，傳統包袱自然也少了。在她的想法裡，接觸的便是西式教育，自由開放的愛情觀，如她所言：「女人有改變主張的權利。」女人是有主宰的權利。而她的內心感情世界，自喻為「一所公寓房子」，人來人往，她有出租的決定權，雖已結婚，但情感上仍很自由。她的想法若放在中國的社會，是不被容許的，然而在追求她的愛情自由的路上，她不怕失敗，勇往直前，不在乎傳統的眼光，最後，幸福仍是屬於她的。

嬌蕊主宰著自己的未來，不願屈服於所謂的「命運」，她不願違背自己的感覺，而與前夫生活，她提議離婚，而後再婚，也許別人會非議、會指責，但她卻很快樂，因為找到了愛，這是在傳統婚姻裡的佟振保所犧牲的。嬌蕊的快樂來自於她的自覺心及追求幸福的堅持，而佟振保犧牲了愛情，也失去了快樂。這樣的形象，建立在自我的肯定與提醒之上，這也是女性意識賦予新時代的女性形象。

中國的女人在追求自主平等的路上，走得份外辛苦，傳統的束縛與甘於命運安排的心態，促使女性成長的艱難，不僅要重建男性的價值觀，而且還得突破自己設立的藩籬。身處四十年代的張愛玲，從自身與他人身上，洞察到女性的困頓與無奈，因而反映在小說人物上。看到烟鸝，我們也看到了中國長久以來的婚姻悲劇；然而透過嬌蕊，我們又燃起了一線希望，彷彿看到女性秉持著堅強的意志與不悔的執著，勇往直前的追求屬於自己的人生，而這樣的形象，不也是張愛玲的寫照？

附錄六　豐子愷的「楊柳」哲學──試析其〈楊柳〉一文

　　楊柳，自古便是文人抒情寫意的題材，或詠離情春愁；或寓悠淡風雅，似乎自然的巧思總和文學分不開。

　　豐子愷的散文富有藝術家的敏感，除了文學的美感外，更蘊含了人生的哲思，藉文學筆觸來傳達自身的生命情調，使得他的小品散文暢達而有餘味。〈楊柳〉即是在文學、藝術、哲思三領域中匯集而生的佳作，除了品茗這小品清新的文筆，更能從中去咀嚼豐子愷的人生態度，姑且稱之為「楊柳哲學」，其實所呈現的便是豐子愷的生活哲學。

一、隨緣而不執著

　　在〈楊柳〉一文中，豐子愷提及了與楊柳的「因緣」:「偶然的。」，文中敘述無意中見人種柳，於是興來討了一株種在寓屋旁，而給屋取名為「小楊柳屋」，又常取見慣的楊柳為畫材，便與楊柳結緣。這樣的因緣並非刻意為之，亦不強力執著，更無須附庸風雅，尋引古典來作為愛柳的理由，誠如文中所言：

> 但假如我存心要和楊柳結緣，就不說上面的話，而可以附會種種的理由上去。或者說我愛它的鵝黃嫩綠，或者說我愛它的如醉如舞，或者說我愛它像小蠻的腰，或者說我愛它是陶淵明的宅邊所種，或者還可以引援「客舍青青」的詩，「樹猶如此」的話，……即使要找三百個冠冕堂皇、高雅深刻的理由也是很容易的。天下事又往往如此。

豐子愷愛楊柳，但不執著於楊柳，這種自然而不牽強的品味，不為外物所拘

絆的豁達心胸，生命不隨物喜物悲，更能呈現出通透生命的智慧。

二、卑賤而強韌的生命力

> 聽人說，這種植物是最賤的。剪一根枝條來插在地上，它也會活起
> 來，後來變成一株大楊柳樹。它不需要高貴的肥料或工深的壅培，
> 只要有陽光、泥土和水便會生活，而且生得非常強健而美麗。

楊柳的賤，乃在於它的無處不生的生命力，不需如牡丹花的呵護栽培，也不像葡萄藤要修剪搭棚，愈是被忽略，愈是默默吸收天地的精華，日漸茁壯成長。生命本是如此，在險惡的環境中，更能呈現生命強韌的一面。「貴」與「賤」的界定往往只是一種假象，或者只是一種物質條件的比較衡量的結果。在豐子愷眼中，「賤」反而是可愛的，他愛的是掌聲、呵護之外的生命韌性，人生若能放下「貴」、「賤」的外在批判，便能看到生命的內在本質，而從〈楊柳〉一文中，的確可以看到豐子愷深厚的人生觀照，澄澈而不受蒙蔽。

三、下垂而不忘本的哲思

豐子愷對於楊柳，乃是隨緣偶然的因緣，然而仍不免要讚美楊柳，且說明了楊柳的主要的美點是「下垂」。因為花木大多向上發展，蒸蒸日上，而忘記了下面的根，於是覺得可惡且可憐。而楊柳則不然：

> 楊柳沒有這般可惡可憐的樣子。它不是不會向上生長，它長得很快，
> 而且很高，但是越長得高，越垂得低，千萬條陌頭細柳，條條不忘
> 記根本，……楊柳樹也有高出牆頭的，但我不嫌它高，為了它高而
> 能下，為了它高而不忘本。

「下垂」是一種謙卑，是飲水思源的不忘本。看到楊柳的低垂的姿態，不由得興起「世人多忘本」的感歎，此時楊柳便化身為哲人，點醒當世困頓的人心，在向上發展之時，不要忘記泥土中維持生命的根本，豐子愷將楊柳帶上了道德的殿堂，努力注入人間一股生命的清流。

結　語

文人愛柳，有的愛其婆娑，有的愛其風骨，豐子愷應是取其精神妙處。張曉風女士也愛柳，她曾描繪「蘇堤的柳，在江南的二月天梳理著春風，隋

堤的柳怎樣茂美如堆煙砌玉的重重簾幕。」楊柳總是在風中飄揚著古典的美
姿，或者又如她描述的「春柳的柔條上暗藏著無數叫做『青眼』的葉蕾……
我卻總懷疑柳樹根下有翡翠——不然，叫柳樹去那裡吸收那麼多純淨的碧綠
呢？」楊柳的美是疏落有致，抽象而富想像力的，曉風眼中的「楊柳」，與豐
子愷眼中的「楊柳」風貌絕對不同，豐子愷賦予了楊柳新的生命情調，有著
緣遇而安的淡泊修養、平凡而富生命力，又懂得謙虛詳和的美德，此時楊柳
兼具了美與道德的意象，〈楊柳〉一文，不啻爲我們打開了心靈之窗，重新省
視了楊柳的美感。